मो. आरिफ़

7 मई, 1961 को सुल्तानपुर, उत्तर प्रदेश में जन्मे मोहम्मद आरिफ़ सुपरिचित कथाकार हैं। उन्होंने इलाहाबाद विश्वविद्यालय से आधुनिक इतिहास में एम.ए. किया है। 2005 में उनकी पहली कहानी 'फ़ुर्सत' प्रकाशित हुई। इसी वर्ष 'वागर्थ' पत्रिका के नवलेखन अंक में छपी 'लू' दलित-विमर्श की एक माइल स्टोन कहानी मानी गई। 'मौसम', 'चोर सिपाही', 'चूक' आदि उनकी यादगार कहानियाँ हैं।

उनकी प्रकाशित पुस्तकें हैं—'उपयात्रा' (उपन्यास); 'फिर कभी', 'फूलों का बाड़ा', 'चोर सिपाही', 'चूक', 'मेरी प्रिय कहानियाँ', 'बहुरूपिये' (कहानी-संग्रह)।

उन्हें 'प्रेमचन्द स्मृति कथा सम्मान', 'रेवांत सम्मान' और 'वनमाली कथा सम्मान' से सम्मानित किया गया है।

ई-मेल : cpssamastipur@gmail.com

बहुरूपिये

मो. आरिफ़

राजकमल पेपरबैक्स

राजकमल पेपरबैक्स में
पहला संस्करण : 2025

राजकमल पेपरबैक्स : उत्कृष्ट साहित्य के लोकप्रिय संस्करण

राजकमल प्रकाशन प्रा. लि.
1-बी, नेताजी सुभाष मार्ग,
दरियागंज, नई दिल्ली-110 002
द्वारा प्रकाशित

शाखाएँ : अशोक राजपथ, साइंस कॉलेज के सामने, पटना-800 006
पहली मंज़िल, दरबारी बिल्डिंग, महात्मा गांधी मार्ग, प्रयागराज-211 001
1, अनमोल सोराबजी सन्तुक लेन, धोबी तलाव, मरीन लाइंस, मुम्बई-400 002
वेबसाइट : www.rajkamalprakashan.com
ई-मेल : info@rajkamalprakashan.com

विकास कंप्यूटर एंड प्रिंटर्स
ट्रॉनिका सिटी-201 102
द्वारा मुद्रित

मूल्य : ₹250

BAHURUPIYE
Stories by Mohd. Arif

ISBN : 978-93-6086-446-0

दोनों बेटों 'बेटू और बंटी' को,
जो समय-समय पर कहते रहते हैं,
'क्या कुछ लिख रहे हैं पापा...'
लिखिए-लिखिए।

क्रम

बहुरूपिये

ट्रेन की साइड वाली सीट पर बैठे वे सोते जैसा लग रहे थे, सो नहीं रहे थे। जब से ट्रेन पर चढ़े थे, झपकी भी नहीं ली थी। कल सुबह रामपुर के राजकुमार सिंह महाविद्यालय में ज्वाइनिंग थी। इसका तनाव तो था ही, उस पर ट्रेन के पहुँचने का बेढंगा टाइम! योजना थी हफ़्ते दस दिन एक मित्र के यहाँ पड़ाव रहेगा, फिर अपने कॉलेज के नज़दीक ही ठिकाना तलाश लेंगे।

मित्र ने बढ़-चढ़कर आश्वासन दिया था कि प्लेटफ़ार्म नं. 3 पर खड़े मिलेंगे लेकिन एक घंटे पहले उन्होंने फ़ोन पर कहा कि भाई माफ़ करना, नहीं आ पा रहा हूँ...हाँ यह रहा पता, कोई दिक़्क़त न होगी। स्टेशन के बाहर निकलो, ई-रिक्शा करो, बस दो मिनट की तो दूरी पर मेरा घर है। इतना नज़दीक की एक समय था जब हम लोग क़ुली को घर तक के लिए तय कर लेते थे। हँसते-हँसते बताया कि कुछ साल पहले तक उनके घर तक का क़ुली-रेट मात्र चालीस ही रुपये था। फिर ताकीद किया कि भाई समय कुसमय की चिन्ता न करना, कोई संकोच नहीं बस पहुँच जाना। जगा रहूँगा। और फिर यह भी बोल गए कि ट्राली वाली सूटकेस हो तो खींचते हुए चले आना, क़ुली जाए भाड़ में।

गाड़ी तक़रीबन साढ़े दस बजे रात को रामपुर स्टेशन पहुँची। जो यात्री उतरे लगभग सभी अपना सामान-सूटकेस खींचते हुए बाहर की ओर चल दिये। उन्होंने बिना पहिये वाले अपने सूटकेस और ट्रंक को देखा, कमर सीधी की और क़ुली का इन्तज़ार करने लगे। वहाँ क़ुली नहीं थे। अब गाड़ियों की प्रतीक्षा करते क़ुलियों की क़तार नहीं रही। क़ुली अगर होते भी हैं तो नज़र

नहीं आते। नज़र आ भी गए तो यात्रियों को अन्यमनस्क भाव से देखते खड़े रहते हैं। न दौड़ा-दौड़ी, न हड़बड़ाहट और न ही कन्धे पर टँगे अँगोछे को सिर पर बाँधने की जल्दबाज़ी। ज़्यादातर यात्री आत्मनिर्भर हो गए हैं, या फिर बहुत कम लगेज लेकर निकलते हैं। अगर भूले भटके कोई यात्री मिल भी गया जिसे एक क़ुली की दरकार हो तो पहले वाली खींचा तानी नहीं, मोलभाव नहीं। इशारा पाते ही सामान उठाए और चल पड़े।

इन्तज़ार करते-करते उन्होंने रेलनीर ख़रीदा, दो घूँट पिया, फिर कुल्हड़ वाली चाय, फिर कुछ इन्तज़ार फिर पत्नी से फ़ोन पर बात, फिर मित्र को मिस्डकॉल, तब कहीं जाकर एक मरियल-सा नौजवान कहीं से नमूदार हुआ—साधारण-सी टी शर्ट पैंट और पुरानी हवाई चप्पल में—चलना है क्या! उसने प्रश्न नहीं पूछा था, बस एक छोटा वाक्य बोला था। क्या के बाद बाबूजी का विशेषण भी नहीं लगाया था। बिना लाल कुर्ता वाले क़ुलियों से उनका साबका कोई नया नहीं था, बल्कि वे अमूमन ऐसे ही किसी सामान ढोने वाले का सहारा ले लिया करते थे—एक तो वे सस्ते होते हैं। दूसरे झिक-झिक कम करते हैं।

वह बेपरवाह बना सामान को ताक रहा था। उसके हाव-भाव से उन्होंने ताड़ लिया कि वह आँखों-आँखों में उनके सामान को ज़्यादा वज़नी करके तौल रहा है। उनके मुँह से निकला—हाँ तो, ऐसे कि जैसे नहीं भी चल सकते हैं। या एक दो घंटे के बाद भी जाएँगे तो भी कोई हर्ज नहीं। उसने झुककर पहले सूटकेस को हिलाया, फिर ट्रंक को डुलाया, फिर दोनों को एक साथ हिलाया-डुलाया, और सीधा खड़ा होकर उनकी तरफ़ ताकने लगा—ब्रिज से चलेंगे या प्लेटफ़ार्म नं. 2 को पार कर के सीधे...। गाड़ी कहाँ खड़ी है?

उन्होंने बड़े भोलेपन से कहा पहली बार रामपुर आया हूँ और गाड़ी-वाड़ी कहीं नहीं खड़ी है। सीढ़ी चढ़ने में मुझे दिक़्क़त है, पैदल प्लेटफ़ार्म से ही निकाल लो। वह सिर खुजाते हुए सोचविचार का स्वाँग करने लगा—लम्बा चलना पड़ेगा, फिर सामान को घूरने लगा, फिर एक बार और हिलाया-डुलाया—तीन सौ रुपये दे दीजिएगा। चलिए प्लेटफ़ार्म नं. 2 से चलते हैं...बहुत चलना पड़ेगा।

वह बख़ूबी जानते थे कि अगर सीढ़ी से चलने के लिए कहते तो वह

कुछ इसी तरह का तर्क देता—बाबूजी सीढ़ी से इतना भारी बोझा...! उन्होंने उसे घूरा फिर दोनों हाथ जेब में डालकर दूसरी ओर देखने लगे।

उठाएँ, वह बोला लेकिन वहाँ उठाने जैसी कोई हरकत नहीं हुई। तीन सौ रुपये कुछ ज़्यादा नहीं बोले सिर जी, और उसके आगे कुछ बोलता कि उसका मोबाइल बोल पड़ा। इनकमिंग कॉल की ठीक वही रिगंटोन—वही सूफियाना सॉन्ग—जो बच्चों ने उनके अपने मोबाइल में सेट किया था। एक पल के लिए वे गड़बड़ाए, जेब में हाथ चला गया, फिर सँभल गए और ज़ाहिर नहीं होने दिये। सेम टु सेम!

उनको अपने मोबाइल की इनकमिंग रिंगटोन बहुत यूनीक लगती थी। जब भी आती तो आने देते, जब तक की अग़ल-बग़ल के लोग नोटिस न कर लें, चाहे कॉल मिस्डकॉल न बन जाए। वह आदमी किसी से बात करता जा रहा था। कुछ पैसों का लेन-देन, कहीं बैंक का ज़िक्र तो कहीं ब्याज दर। कभी पिछले क़र्ज़ को समय पर चुकता देने की धौंस तो दूसरे ही पल झुँझलाहट भरी झिड़की—ठीक है आप रहने दीजिए हम कहीं और देख लेंगे।

उनका भी फ़ोन बजा। वही धुन, वही गीत। वही मरियल क़ुलीवाला। वे असहज हो गए। साइलेंट करने वाला बटन नहीं मिल रहा था और जल्दी में उनसे मोबाइल ही ऑफ़ हो गया। वे दूसरी तरफ़ मुँह करके खड़े हो गए।

तो चलें सर, वह अपनी कॉल से फ़ारिग़ होकर बोला। नहीं चलना है तो मैं चलूँ।

उसके साथ वे अब नहीं जाने वाले। नहीं चलना है तो मैं चलूँ! अरे वाह! साहबी दिखा रहा है, क़ुली वाली बात ही नहीं। तीन सौ नहीं दे सकता भाई, जाओ। वे बोलकर अपने ट्रंक पर बैठ गए। उसे जानना चाहिए कि इस यात्री को भी कोई जल्दी नहीं। जाते हो तो जाओ।

ढाई सौ लास्ट, बोलते हुए वह आगे बढ़ गया। जाते-जाते उसका मोबाइल फिर बजने लगा। उन्होंने मुँह बना लिया। वह वहीं बेंच पर बैठकर बतियाने लगा। इस बार बात जल्दी ख़त्म हो गई और वह उसी मोबाइल में उलझा बैठा इनकी टोह लेता रहा। फिर एक दूसरा बोझा ढोने वाला लड़का उनकी तरफ़

बढ़ा, लेकिन उसने इशारे से उसे अपने पास बुला लिया। धीरे से उसके कान में कुछ बोला और लड़का शान्त बैठ गया।

किसी और क़ुली का दूर-दूर तक कोई निशान नहीं। यात्रियों का भी टोटा था। जो इधर-उधर से आते, उनके पास इनकी तरह हेवी लगेज नहीं था। मित्र ने मेसेज में दिशा-निर्देश लिख भेजा था और उसके बाद उनका मोबाइल आउट ऑफ़ रेंज बता रहा था। अब कब तक बैठे रहते। उन्होंने कनखियों से देखा। वह बेंच पर बैठा इन्हीं की तरफ़ देख रहा था। उन्होंने न कुछ बोला न इशारा किया, लेकिन वह समझ गया। उठा, पास आया, दूसरे लड़के की मदद से ट्रंक को सिर पर रखा, सूटकेस को हैंडिल से पकड़ा—चलिए सौ डेढ़ सौ जो दीजिएगा ले लेंगे। वह सामान लिये आगे-आगे, ये कन्धे से बैग टाँगे और कान से मोबाइल लगाए पीछे-पीछे।

विज्ञान में समय और दूरी में जो सीधा सरल सम्बन्ध है वह समीकरण मानवीय स्तर पर उतरकर बदल जाता है। उन्हें लगा स्टेशन के प्लेटफ़ार्म नं. 3 से बाहर पहुँचने में कुछ ख़ास मशक़्क़त नहीं होगी और बाहर निकलते ही दो मिनट की दूरी पर मित्र का घर होगा। पर पैदल चलते-चलते जितनी दूरी तय करनी पड़ी उसमें ही इनकी नानी बोल गई, अभी मित्र के घर का रास्ता भी नापना है। सिर से सामान उतारने से पहले उसने पूछा—कैसे जाएँगे...कोई साधन नहीं दिख रहा...टैक्सी-कार तो उस पार मिलती है लेकिन अब वह नहीं मिलेगी। इस ट्रेन के बाद ख़ाली एक पैसेंजर ट्रेन आती है। उसने एक बार फिर नज़र दौड़ाई—ई-रिक्शा वाले भी फ़ूर्र हो चुके हैं...साले दस-दस रुपये सवारी लेकर उड़ गए...साले, मादर...।

ये चौंक गए, उसकी ओर देखे, पागल है क्या, बिला वजह गालियाँ निकाल रहा है। ऐसा करते तो कभी किसी क़ुली को नहीं देखा। पर बोले कुछ नहीं।

यहीं रख दूँ? और उसने पहले सूटकेस से हाथ फ़्री किया और फिर उनसे बस छूने-भर की मदद लेते हुए उस भारी भरकम ट्रंक को नीचे रख दिया।

दीजिए जो देना चाहते हैं, चलूँ शायद कोई और भूलाभटका मुसाफ़िर मिल जाए।

एक मिनट भाई...ज़रा सोचने दो। उन्होंने आहिस्ता से कहा।

पहले पैसा दे दीजिए तब सोचिए। गालीबाज़ के साथ तुनक मिज़ाज भी था वह। तभी उनका मोबाइल बजा। पहले मोबाइल को छूकर कनफ़र्म किये कि उन्हीं का है तब जाकर हलो कहा—हलो, पहुँच गया हूँ। थोड़ी देर में कॉल करता हूँ। मिसेज़ थीं।

उन्हें याद था कि मित्र ने अपना घर स्टेशन के एकदम नज़दीक होने पर ज़ोर दिया था। इतना नज़दीक कि पहले के क़ुली आसानी से वहाँ तक लगेज पहुँचा दिया करते थे—मात्र चालीस रुपये में। लेकिन इस क़ुली को लेकर उन्हें पूरा सन्देह था—ये तो चार सौ रुपये में भी एक क़दम आगे नहीं बढ़ने वाला।

उन्होंने मोबाइल निकाला, ऑन किया और पता देखने लगे—कॉलेज रोड, प्रोफ़ेसर कॉलोनी। फिर उन्होंने सामने क्वार्टर्स की ओर उँगली दिखाते हुए पूछा, सामने प्रोफ़ेसर कॉलोनी है क्या? क़ुली को अभी तक पैसा नहीं मिला था, वह बिदक गया—प्रोफ़ेसर कॉलोनी यहाँ है? कौन बोला? तब तक मोबाइल बज पड़ा। वही सूफियाना कलाम—वह जेब में हाथ डालते हुए बोला—पता नहीं आपका है कि मेरा...। नहीं मेरा है...एक मिनट, उसने किसी से कहा रुको-रुको, मोबाइल पर कुछ टाइप करने लगा।

उन्हें उसका 'आपका है कि मेरा' बोलना अच्छा नहीं लगा। बस उन्हें जाने का एक साधन मिल जाता तो इस आदमी से छुटकारा पाते! वह कुछ आक्रामक होकर बोला—सामने, सामने रेलवे कॉलोनी है। प्रोफ़ेसर कॉलोनी यहाँ से दो कि.मी. से एक इंच कम नहीं है। वहाँ का तो ई-रिक्शा भी तीस रुपये सवारी माँगता है, वह भी दिन में। साले...चोर। उसकी आवाज़ में हिक़ारत थी। और तभी स्टेशन के बाहर की लाइट भी चली गई।

वे 'साले...चोर' को इग्नोर करते हुए बुदबुदाए—फिर श्रीमान जी ने क्यों कहा कि बस स्टेशन के बाहर निकलते ही उनका घर है, सूटकेस खींचते हुए आ जाइएगा।

क़ुली कान का तेज़ था। बोला, इसलिए कि वह आपको वरग़लाना चाहते थे। दो कि.मी. को दो क़दम बोल दिये। अब आपके पास पहिये वाला सूटकेस तो है नहीं, होता भी तो आप उतनी दूर तक नहीं खींच सकते थे, रामपुर की रोड की हालत जानते हैं? और यह बक्सा, इसे कैसे ले जाते। फिर वह हँसने लगा, हँसते-हँसते वहीं बैठ गया—अब एक बात अच्छी हुई कि आपके पास पहिये वाला सूटकेस नहीं है, नहीं तो हमें काहे पकड़ते। पैसेंजर सब बड़ा चतुर हो गया है, ऐसे मज़बूत सूटकेस ख़रीदता है कि उसी पर बक्सा तक लादकर निकल जाता है। उसकी हँसी रुक ही नहीं रही थी। उसकी हँसी में उन्हें इस अनजाने अँधेरे शहर में एक आशा की किरण नज़र आई। वो जान गए ये ज़रूर फँसेगा।

हँसी रुकी तो वह फिर चहका—अब देखिए न बाबूजी अगर आप न मिलते तो हम तो गए थे काम से। लेकिन ऐसा नहीं है, वह कुछ सोचते हुए धीरे से बोला, न मिलते तो कुछ और नौटंकी करते, भूखे थोड़े ही सोते। वह ठठाकर हँसा।

क्या बोले, हम न मिलते तो कौन-सी नौटंकी करते?

वह इस तरह चंचल हो गया था जैसे उसकी मेहनत का पैसा मिल गया हो और कुछ अलग से भी...और सारी थकान रफूचक्कर!

बेपहिये वाले सूटकेस ने उनकी जो दुर्दशा कर दी थी कि अब हाथ आया मुर्ग़ा वह जाने देने को तैयार नहीं थे। उसी के बग़ल में बैठ गए। बोलो-बोलो, कैसी नौटंकी? उन्होंने उसे चटकाने की ग़रज़ से बात को आगे बढ़ाया।

वह मस्ती में था—यही कि अपना पुराना वाला रिक्शा निकालते, इधर-उधर भटकते, कोई शरीफ़ आदमी मिलता तो रिरियाते—मालिक पैदल काहे जा रहे हैं, बैठ जाइए चलिए पहुँचा देता हूँ, जो दीजिएगा ले लेंगे, नहीं दीजिएगा तो भी बैठिए। कई लोगों के लिए मेरे पास अच्छा-सा डायलॉग है—अरे सर, भूखा हूँ, ईमानदारी और मेहनत से पेट भरना चाहता हूँ, आप लोग धनवान और पढ़े-लिखे होकर मदद नहीं करेंगे तो हम जैसे बचे-खुचे रिक्शा चलाकर पेट भरने वाले कहाँ जाएँगे! मेरे बार-बार रिरियाने या डायलॉग बोलने पर

लोग असमंजस में पड़ जाते हैं, रिक्शे पर तो अब लोग बैठते नहीं बस मुझसे जान छुड़ाने के लिए दस बीस थमा देते हैं...कभी-कभी तो कुछ दयालु लोग सौ पचास का नोट भी देते हैं। एक बार तो...। अब देखिए, मेरा क्या गया, न मेहनत न मशक़्क़त, बस थोड़ी-सी नौटंकी से ख़र्चा निकल आया। अगर पैदलियों के साथ कोई बच्चा हुआ तो हम उसी को टार्गेट करते हैं, बच्चे ज़रूर बड़ों से कुछ दिलवा देते हैं। बस एक चीज़ पर ध्यान रखता हूँ—उस समय मैं फटे पुराने कपड़े में, नंगे पैर, दीन-हीन बना रहता हूँ। और मोबाइल ऑफ़ रखता हूँ।

उन्होंने उसकी ओर देखा। अभी तो वह ठीक-ठाक टी-शर्ट पैंट पहने था, पैर में हवाई चप्पल भी थी और हाथ में एक स्मार्टफ़ोन भी। वह चुप रहे। उनसे कुछ बोला न गया। मित्र को फिर लगाए, लेकिन कुछ होना जाना नहीं था। फ़ोन स्विच्ड ऑफ़ है की रट ऐसे लग रही थी जैसे उनके भेजे पर हथौड़ी चल रही हो। उनकी हिम्मत नहीं हो रही थी, इससे कहें कि क्या पैदल पहुँचा दोगे, ले लेना मुँह माँगी रक़म। भला दो भारी-भारी सामान लेकर कौन क़ुली उतनी दूर तक जाता है। फिर भी उन्होंने बात में से बात निकाली—

बड़ी साफ़गोई से बता रहे हो कि कैसे लोगों को फँसाते हो। पिये हो क्या?

देखिए, सच कहूँ तो स्टेशन आने से पहले रिक्शे के दो शिकार मिल गए थे। बिना मेहनत के एक सौ तीस रुपये का फ़ायदा हो गया था। उसी का चढ़ा लिये थे। हँसते-हँसते वह धनुष हो गया।

तो जाओ फिर अपना रिक्शा लेकर आओ और मेरी भी दरियादिली देख लो। मुझे अपने दोस्त के यहाँ पहुँचना है। रात-भर स्टेशन पर बैठकर जगना पड़ा तो कल कुछ काम न कर पाएँगे। वे फिर से खड़े हो गए।

बात तो सही कह रहे हैं सिर जी। आप थक भी गए होंगे। लेकिन समस्या यह है कि मेरा रिक्शा आपके दोस्त के घर से भी दो कि.मी. आगे खड़ा है, आने-जाने में तो रात निकल जाएगी।

तब? उनके मुँह से ख़ाली यही निकला। लेकिन उसने एक पूरा वाक्य सुना—तब मेरे भाई ऐसा क्यों नहीं करते, तीन सौ चार सौ पाँच सौ कुछ भी

ले लो और उठा लो मेरा बोझा अपने सिर पर और पहुँचा दो मुझे मेरे प्रियवर के पास। थककर चूर हो गया हूँ। और तुम्हारी तरह मुझे भी कसकर भूख लगी हुई है। मित्र के घर जल्द पहुँचा दो भाई।

उसने आव देखा न ताव, झुका, ट्रंक को उठाया, जाँघों पर रखा, हुँ-हुँ किया और एक झटके में उस शैतान बक्से को अपने गमछा विहीन सिर पर जमा लिया। दाहिने हाथ से बक्से को सहारा दिया, बायें से सूटकेस सँभाला और बोला, अब आगे मैं चलता हूँ, पीछे-पीछे आप आइए।

वे आश्चर्य से उसकी क़दकाठी और उस भारी बक्से को निहारे जा रहे थे। मन में ख़याल आया ससुरा पिया न होता तो क्या ख़ाक उठा पाता, उतनी दूर इस रात में बोझा लाद कर चलने का तो सवाल ही नहीं उठता!

कुछ दूर चलने के बाद उसे तलब लगी—सर जी दाहिने जेब में एक सिगरेट पड़ी है, रास्ते में कहीं से माचिस लेकर इसे मेरे मुँह में लगाकर जला दीजिएगा...निकालिए...निकालिए...पैंट की दाहिनी जेब में है...धीरे से निकालिए, इसके बिना नहीं चल पाऊँगा। वह स्लो हो गया था। उसके कहे अनुसार उसकी जेब से उन्होंने सिगरेट निकाली और मन ही मन दुआ माँगने लगे बस कहीं से एक तीली मिल जाए। उसने फिर एक निर्देश दिया और कहा कि रुकूँगा नहीं असल में बोझा लेकर अब रुक ही नहीं पाऊँगा। रुकूँगा तो रुक जाऊँगा। अगर चाहते हैं कि मैं चलूँ, तो यह काम आपको करना पड़ेगा सिर जी।

वह सिगरेट पीता, ये मुँह से निकालते, राख झाड़ते, फिर मुँह से लगाते। ये क्या ड्यूटी दे दिया बे, वे खीजते, उससे ठिठोली करते, वह अपनी धुन में चलता जाता—कभी कुछ उलूल-जुलूल बोलता, कुछ गाता, कुछ गुनगुनाता। वे कन्धे से अपना बैग सँभाले पीछे-पीछे, उसी से सटे हुए, लेकिन बक्से वाले साइड से बचकर। पिया है कहीं गिरा ना दे। ये नौटंकीबाज़ एक और मुसीबत में डाल देगा!

आप भी एक कश लीजिए न सर। पीते हैं न?

पीते तो हैं लेकिन अपने पैसे की। दोनों हँस पड़े।

एक चौथाई सफ़र हुआ होगा कि उसने कहा सिर जी पेशाब आई है,

बड़े ज़ोर की। उसने एकदम से स्पीड कम कर ली—क़रीब-क़रीब खड़ा हो गया। वे सोचने लगे अब ये ट्रंक उतारेगा...फिर पूरी झंझट...और हो न हो थक गया हो, भागने की सोच रहा है। सरपट।

चलो वहीं कर लेना, अब तो आधा रास्ता बचा है, चले चलते भाई। लेकिन वह टस्स से मस्स नहीं हुआ। सड़क के बीचोंबीच खड़ा था। सामने से एक गाड़ी आ रही थी तब भी नहीं हटा। गाड़ीवाले ने स्लो की, ग़ुस्से में कुछ बोला और फिर साइड से आगे बढ़ गया। वह बोझा उठाए अपनी जीत पर हँसने लगा। ये विचारमग्न पटरी पर खड़े थे। पागल कहीं का!

ठीक है कर लो। लाओ ट्रंक में हाथ लगा देते हैं। पूरा ज़ोर तो नहीं लगा सकते न, बीमार रहते हैं, इसलिए तो सीढ़ी से नहीं आए थे। थोड़ा झुको।

झुकना तो हम सीखे नहीं, सिर एक बार बोझा सिर पर लाद लिये तो ठिकाने पर पहुँचा के ही दम लेते हैं। ऐसे अब उतारकर फिर उठाने में बहुत दिक़्क़त होगी।

तो पेशाब कैसे करोगे? चलते चलते? ये भी कोई बात हुई!

देखिए मेरी पैंट पुरानी स्टाइल की है और इसमें उस जगह पर लगा है काज बटन। वह काज है बहुत टाइट। सिर से बोझा उतारूँगा नहीं। दाहिने हाथ से आपका बोझा सँभाल रहा हूँ और बायें हाथ से बटन खुलेगी नहीं। अब आप करेंगे मेरी मदद। वह एक सुर में बोल रहा था। आप खोलेंगे मेरा बटन और मैं हो जाऊँगा हलका।

साले...मादर...बहन...कुत्ते...हरामी के पिल्ले...शराबी...नौटंकीबाज़... होमो...

उन्होंने अपना ग़ुस्सा मन ही मन निकाला था। लेकिन वह अन्दाज़ लगाकर बोला—आप मुझे गाली बक रहे हैं?

अरे न...नहीं। मैंने तो कुछ नहीं कहा। यहाँ तक कि बेवक़ूफ़ भी नहीं कहा। ईडियट और नॉनसेंस भी नहीं। जब की यह तो हमारे जिह्वा पर रहता है, वे अपने को कंट्रोल किये हुए थे। वह भी अपने पेशाब को कंट्रोल किये हुए था।

मास्टर साहब को कुछ न कुछ तो उसकी शरारत पर बोलना था, अगर

उसकी पेशाब करने वाली जगह के बटन खोलने से बचना है।

कहाँ तक पढ़े हो भाई, किस स्कूल में गए थे? वह बड़े अदब से बोला, श्रीमान जी मैं कक्षा नौ फ़ेल हूँ। स्कूल का नाम तो नहीं याद है लेकिन मास्टर साहब का नाम अभी तक मुझे याद है जिन्होंने मुझे फ़ेल किया था।

तो सुन लो, कान खोलकर, आज मैं भी तुम्हें फ़ेल कर रहा हूँ। अरे ये कोई तरीक़ा है। जिप खोलो पेशाब करो। अब इसमें मुझे क्यों इन्वाल्व करते हो।

कुछ देर वह चुप रहा। सब लोग मुझे ही फ़ेल कर रहे हैं। मेरी बात समझते ही नहीं। ये मास्टर साहब लोग तो और भी। लेकिन इनको मैं आज देखता हूँ। जी आप थोड़ी-सी मदद कर दें, बाक़ी काम मैं कर लूँगा।

अरे बाक़ी काम तो तुम्हें ही करना है, उन्हें हँसी आ गई। उसने भी हँसने का नाटक किया—ठीक है तो खोलिए नहीं तो मैं...। उसका वाक्य भी पूरा न हो पाया था कि उनके हाथ उसकी जिप की तरफ़ बढ़ गए। वे दो ही बटन खोले थे कि उसने कहा बस-बस इतने से मेरा काम हो जाएगा। और वहीं सड़क के बीचोंबीच भल-भल पेशाब करने लगा। दूसरी दिशा से एक ई-रिक्शा गुज़रा, उसकी लाइट जल रही थी लेकिन सिर पर बोझा लादे वह उसी तरह पेशाब करता खड़ा रहा। ई-रिक्शा ड्राइवर का ग़ुस्सा देखने लायक था। वह चुपचाप एक ओर खड़े रहे।

ज्यों-ज्यों इनका रास्ता कट रहा था, मंज़िल पास आती लग रही थी, वे और मुखर होने लगे थे—बस यों ही पूछ लिया—तुम क़ुली का काम कब से करते हो क़ुली तो नहीं लगते।

जब से असली क़ुलियों का काम न के बराबर रह गया।

ऐसे कैसे हो गया?

पहिये का दोष है सब सिर जी।

नोक-झोंक में उसे भी मज़ा आता था। कुछ रुककर बोला —नहीं-नहीं क़ुलियों का ही दोष है। कहकर हँसा।

वह समझ तो रहे थे फिर भी उसको कुरेदा—यह तो होता ही है, नई चीज़ें आती हैं, पुरानी जाती हैं। किसी को दोष क्यों देते हो। उन्होंने मास्टरगिरी दिखाई।

मज़ूर की मज़ूरी में नया पुराना क्या मालिक। कुछ भी आए-जाए, उसकी मेहनत मज़ूरी का उपाय तो होना चाहिए। बोझा गया, अब रिक्शा भी गया। हम तो कहीं के न रहे।

शिक्षक तो थे ही। अब कोई दुःखी हो न हो, उन्हें संवेदना दिखानी पड़ेगी नहीं तो काहे के शिक्षक। किसी की त्रासदी में दुःखी होना उनका फ़र्ज़ बनता था। कोई और हो न हो उन्होंने इसे निभाया। उसके और उस पूरे वर्ग के दुःख में शामिल हुए। उनकी वर्गीय-चेतना और हमदर्दी वाली बातों से वह पिघलने लगा था। वे उसकी थाह लेने की सोचे। लोहा गरम था। उन्होंने धीरे से हथौड़ा चलाया—

अच्छा आज क्या लोगे तुम हमसे। इस काम के लिए कुछ तय भी नहीं किया।

ज़रूर लेंगे, ज़रूर लेंगे नहीं तो मोबाइल कैसे बदलेंगे। एक दोस्त से तीन महीने से बात करके रखा है। कोठरी का किराया भी चढ़ गया है, नहीं लेंगे तो पार कैसे लगेगा।

अच्छा अगर ई-रिक्शा मिल जाता तो कितने में पहुँचाता? उनके दिमाग़ में गणित चल रहा था। ई-रिक्शा का नाम सुनकर भूत सवार हो गया उस पर।

साले वही तो खेल ख़राब किये। दस रुपये की सवारी, दस रुपये की सवारी। बड़मनई-छोटमनई सब इसी धन्धे में कूद पड़े हैं। किसी को कुछ काम-धाम तो था नहीं, सब ई-रिक्शा चला रहे। पहले वाला रिक्शा चलाने का करेजा तो है नहीं, शरम अलग से लगती थी।

नहीं-नहीं हम पूछ रहे हैं कि ई-रिक्शा से कितना लगता?

सर जी पहली बार तो इतनी दूर जाता नहीं। मान-मनौव्वल करते तो रिज़र्व करके जाता। आपके पास समान भी है...तीन सौ तो कहीं नहीं गया था उसका।

तब तो सस्ता पड़ता, वे तपाक् से बोले। वह चुप रहा। उनका बक्सा और सूटकेस लिये चुपचाप आगे बढ़ता रहा।

क्यों क्या कहते हो? प्रश्न करके बस उन्हें वक़्त काटना था।

साले...मादर...चोरी की बिजली से चार्ज करते हैं तो बचत ही बचत है।

तुम भी रिक्शा छोड़कर ई-रिक्शा ले लो। रूप बदलकर नौटंकी करने से कितना दिन चलेगा।

वह ख़ामोश रहा। रात अँधेरी हो चली थी। बिजली गुल। माहौल शान्त। इक्का-दुक्का वाहन आ जा रहे थे। इनका रिक्शे से ज़िन्दगी-भर का साबका रहा था। एक समय था जब कॉलेज, बाज़ार, मित्रों के घर, सब जगह अमूमन रिक्शे से ही जाया करते थे। स्कूटर से कार पर पहुँच गए तब भी। ठाठ से चौड़े होकर बैठते थे, कभी-कभार तो टाँग पर टाँग रखकर जैसे राजा महाराजा हों। घोड़ागाड़ी, ऊँटगाड़ी और बैलगाड़ी की तरह रिक्शा एक दिन सड़कों से नदारद हो जाएगा इसकी तो मास्टरसाहब ने कल्पना भी नहीं की थी। लेकिन रिक्शे की मौत पर वे विलाप करने वाले नहीं थे। उनकी एक ही चिन्ता थी कि सड़कें बहुत गझिन हो गई हैं...हर जगह जाम, रेलमपेल।

ले लो तुम भी ई-रिक्शा, रोड पर जो ख़ाली जगह बची है उसे भी भर दो। उन्होंने तंज किया।

कोशिश में लगे हैं सर...वह भी ले लेंगे। मेरे एक ले लेने से आपकी रोड का क्या बिगड़ जाएगा।

फ़ोन बजा। शायद मित्र का हो। लेकिन उसका था। वही सूफ़ियाना गीत। आजकल सब का स्वाद आसमान पर है। घर वापसी पर बिटिया से चेंज करवाता हूँ। ख़ाली सिम्पल म्युजिक ठीक रहता है। सीख भी लूँगा कि कैसे बदलते हैं। सुरीला गीत बजता ही जा रहा था। वह रुका, धीरे से बोला, मोबाइल उलटी वाली जेब में है ऑफ़ कर दीजिए तो। मरता क्या न करता। वे जेब में हाथ डालना चाहे कि फ़ोन कट गया। उनका जी में जी आया।

पानी पियोगे?

हाँ आगे दुकान है।

नहीं मेरे पास है। वे अपने बैग से बोतल निकाले और उसे थोड़ा सुस्ता लेने के लिए कहा और ढक्कन खोलकर बोतल बढ़ा दिया। भइया मुँह मत लगाना, मुझे भी पीना है, वे बड़ी नरमी से बोले। वह बोतल से पानी गिराने लगा। पानी उसके मुँह में कम गिरा, कपड़े पर और हवाई चप्पल पर ज़्यादा।

बोतल वापस करते हुए उसने कहा आप भी पी लीजिए। उन्होंने बिना पिए बोतल बैग में रख लिया।

थोड़ा सुस्ता लेने से और पानी की कुछ घूँट से ही उसे ऊर्जा मिल गई थी। फिर उसकी बकबक शुरू। अच्छा आप किस चीज़ के मास्टर हैं? मतलब कि क्या पढ़ाते हैं। जहाँ आप जा रहे हैं वहाँ सब मास्टर लोग ही रहते हैं। मैं जानता हूँ।

वे चुप रहे। अब उसे क्या बताएँ। लेकिन उसे भी तो अपने इस मुश्किल सफ़र को काटना था। उसने अपना प्रश्न फिर दोहराया। काहे के मास्टर हैं आप?

फिलॉस्फी का मास्टर हूँ।

यह क्या होता है?

इसको दर्शनशास्त्र कहते हैं।

इसमें क्या पढ़ाते हैं?

पढ़ोगे?

वह हँसने लगा। नहीं-नहीं बताइए न।

इस बेमतलब की वार्ता को वहीं दफ़न कर देने की नियत से उन्होंने कह दिया। तुम नहीं समझोगे। चलो चलो।

वह थोड़ी देर चलता रहा। फिर बोला, यही तो हमारे वो वाले मास्टर साहब भी बोलते थे। तुम नहीं समझोगे। फिर खुलकर हँसने लगा।

हम जो पढ़ाते हैं उसमें सत्य की खोज होती है। उन्होंने संक्षेप में बोलकर अपनी जान छुड़ाई।

उसने बस दुहरा-भर दिया—सत्य की खोज...बड़ी कठिन पढ़ाई।

कितना और चलना है? उनके स्वर में बेचैनी थी। थोड़ा धीरज रखिए, बस पहुँचने वाले हैं। उसका हाथ दुख रहा था। उसने बायें का काम दायें को दे दिया, कुछ राहत मिली। उसका सिर भी दुख रहा था। लेकिन वह क्या करता। सिर तो एक ही था। वह चलता रहा। और तभी उसकी चप्पल ने धोखा दिया। एक तो वह बोतल से पानी पीने की क़वायद में भीग गई थी, दूसरे अँधेरे की वजह से कुछ साफ़ दिख नहीं रहा था। दाहिने पैर की चप्पल पैर से फिसलकर

औंधे मुँह गिरी और वहीं बेजान हो गई। वह रुका, चप्पल को पैर से सीधा करके पहनने की कोशिश करने लगा। उसकी थकावट और बची-खुची ख़ुमारी की वजह से वह नखरे दिखा रही थी। पैर में आने को तैयार नहीं।

कभी उलटी, कभी सीधी, कभी टेढ़ी तो कभी तिरछी। लेकिन पैर में न आऊँगी। लगता है वह भी थक गई थी। वह जितनी कोशिश कर रहा था ऊपर रखा बक्सा उतना ही असन्तुलित हो रहा था। लगा गिर भी सकता है—वह खीजा—जा...नहीं पहनते हैं और एक ही चप्पल में आगे बढ़ने लगा। वे झिड़की लगाए—

पहन लो भाई...रुक कर पहन लो। वे बोले।

पहना दो भाई...रुक कर पहना दो। वह बोला।

वह समझ गए नशा अभी बाक़ी है, ज़िद्दी भी है, नहीं पहनेगा। नहीं पहनेगा तो नाहक ही पहुँचने में देर होगी। वे पीछे जाकर पैरों से फुटबॉल खेलते हुए चप्पल को पास ले आए। इस खेलकूद में चप्पल की छेद से फीता बाहर निकल आया। वह मज़े के लिए बोला अब हाथ से...लेकिन ये थे बड़े हिकमती इनसान—अपने पैरों की दाँव पेंच से फीते को चप्पल में घुसाकर बोले—पहन भाई पहन, तू सारे काम मुझसे ही करवा रहा है...बहुत चालाक है। फिर अपने हाथों और पैरों पर नज़र दौड़ाई—क्या-क्या करना पड़ गया आज!

वह कुछ नहीं बोला, उसकी गरदन लगा टूट जाएगी। प्यास फिर लग आई थी। लेकिन उसने नहीं माँगा। तो उन्होंने नहीं दिया। कुछ देर बाद बैग से बोतल निकाली और बचा हुआ सारा रेल नीर अपने पैरों पर अच्छे से उड़ेलकर उन्हें साफ़ किया और बोतल को किनारे उछाल दिया।

उनके घर के दरवाज़े के ठीक समानान्तर दायीं ओर उनका नेम प्लेट ठुका हुआ था : फलाँ साहित्याचार्य फलाँ कॉलेज, रामपुर। सिर से बोझा उतर चुका था और दोनों क्या करें क्या न करें सोचते खड़े थे। मित्र ने मेसेज किया था कि रात-बिरात, जो भी हो निःसंकोच वे घर चले आएँ। वे जगे रहेंगे। वे जगे

तो नहीं मिले लेकिन जगाने पर जग गए। लुंगी बनयाइन पहने बाहर निकले और मित्र से लगभग लिपट गए, फिर उनकी नज़र बोझा ढोने वाले पर पड़ी और वे चौकन्ना होते हुए पूछे, ये...ये कौन हैं...आपके साथ आए हैं क्या। वैसे भी वे पूरी तरह गले नहीं लगे थे, लेकिन सहसा उनकी पकड़ ढीली पड़ गई और उनका ध्यान पूरी तरह उस क़ुली पर केन्द्रित हो गया। वे सशंकित होते हुए बोल पड़े—क्या यह भी रुकेंगे? सुनकर वह हँसने लगा। फिर वहीं गेट पर बैठते हुए बोला—बस सिर मज़दूरी मिल जाए, चला जाऊँगा। आपको पहचान रहा हूँ...बहुत पहले आपको अपने रिक्शे पर कभी-काल कॉलेज पहुँचाया करता था। उन्होंने उसकी बातों पर ख़ास तवज्जो नहीं दी। बस उन्हें इत्मिनान हो गया कि मित्र अकेले ही हैं। ठीक है, इसको निपटाकर आप आ जाइए, कहते हुए वे अन्दर हो लिये। उन्होंने उसकी तरफ़ पाँच सौ रुपये का एक नोट बढ़ाया—कम तो नहीं हैं? ज़्यादा ही हैं, उसने कहा और हाथ जोड़ लिये। जाओ देर हो गई है। और वह चला गया।

मित्र की रहनवारी ज़्यादा चमकदार नहीं थी। वे जब अन्दर आए तो बैठक देखकर ही अन्दाज़ हो गया कि मित्र पहले की तरह सादा जीवन उच्च विचार के पोषक बने हुए हैं। पुराने ढंग का सोफ़ा, 2-3 प्लास्टिक की कुर्सियाँ एक लम्बी चौकी, छोटा-सा सेंट्रल टेबल, ऊपर सनसनाता पंखा, कोने में स्टूल पर सिन्नी का टेबुल फैन एक्सट्रा, सोफ़े के ऊपर छोटे-से शेल्फ में कुछ किताबें, एक दीवार पर ट्यूबलाइट, दूसरे पर बल्ब। ख़ाली बल्ब जल रहा था लेकिन रोशनी पर्याप्त थी। क़ुली को निपटाने के बाद जब वे अन्दर आए तो पहले से ही टेबल पर एक गिलास पानी और बिस्कुट रखा हुआ था। थोड़ी देर बाद मित्र लुंगी के ऊपर हाफ़ क़मीज़ डाले हुए आए और पहले कुछ खा लेने का इशारा करने लगे। उन्हें इतनी ज़ोर की भूख लगी हुई थी कि अँतड़ियों वाली कहावत यहाँ एकदम सटीक बैठती। लेकिन शुरुआत के लिए यह नाश्ता ठीक था। उन्होंने कहा बहुत थक गए होंगे, रात भी बहुत हो गई है, यहीं हॉल में जम जाइए। बैठक को ही वे हॉल कर रहे थे।

उन्होंने इधर-उधर देखा, ठीक ही था, चौकी के ऊपर ही हवादार खिड़की

भी थी, तो हवा की कोई समस्या नहीं, क्योंकि अभी-अभी लाइट चली गई थी और मित्र ने मोबाइल की लाइट ऑन कर लिया था।

बस बाथरूम बता दीजिए, मैं थोड़ा फ्रेश हो लूँ, उसके बाद जल्दी से...।

उन्होंने आगे कुछ नहीं बोला। मित्र लोग तो ख़ुद ही समझदार होते हैं, समझ गए होंगे, अब इतनी देर हो गई तो उन्हीं की ग़लती है, ग़लत लोकेशन बताकर सारा खेल गड़बड़ कर दिये थे।

बस सटा हुआ है...वे बग़ल वाले दरवाज़े की तरफ़ इशारा करते हुए अन्दर चले गए।

वे थोड़ी देर में फिर आए, शर्ट फिर से उतार दिये थे, लाइट न होने के कारण गर्मी थी। आराम से बैठिए, एकदम आराम से, बस यहाँ आजकल बिजली का कुछ इश्यू चल रहा है लेकिन बस आती होगी। आती-जाती रहती है। इनवर्टर भी चार्ज नहीं हो पाता, खपत बचाने के लिए हॉल में कनेक्शन नहीं दिये हैं...लेकिन अब देना ही पड़ेगा, गेस्ट या मिलने-जुलने वाले आते हैं तो दिक़्क़त हो जाती है। मित्र की मोबाइल की लाइट कम पड़ रही थी तो उन्होंने भी अपना मोबाइल ऑन कर लिया था। अच्छा हुआ ट्रेन में ही फुल चार्ज करके आए थे।

भाभी जी कैसी हैं, और बच्चे, और वो क्या नाम था, कानपुर वाला अपना...वो...जायसवाल...

रविन्दर जायसवाल, वे तौलिये से मुँह पोंछते हुए बोले—ठीक है अपना बिजनेस कर रहा है, स्पेयर पार्टस का। भाभी और बच्चे पर और बात नहीं हुई।

और उसका क्या हाल चाल है, अरे वही सिन्हा, शाहजहाँपुर के किसी कॉलेज में था न।

नहीं कह सकता, बहुत दिनों से टच में नहीं हूँ। उन्होंने गीले तौलिये को खिड़की पर लटकाटे हुए कहा। और यहाँ...भाभी बच्चे?

हाँ ठीक हैं...उन्हीं के तो मज़े हैं। एक ही शहर में मायका ससुराल होने से जब चाहती हैं नैहर चली जाती हैं...अब अगले हफ़्ते लौटेंगी, आज ही गई हैं...उनकी अम्मा की तबीयत...।

ओह!...उनके मुँह से न चाहते हुए निकल गया। कुछ खाएँगे क्या... नहीं तो मैं चाय बनाकर लाता हूँ...अब तो नींद टूट ही गई है...मैं चाय लाता हूँ...सुबह कामवाली को आना ही है, जमकर नाश्ता किया जाएगा। जिसने किया शरम उसका फूटा करम। मन में आया कह दें—भाई खाना लगाओ, पता तो था ही कि हम आ रहे हैं। बहुत भूखा हूँ। लेकिन तब तक वे अन्दर चले गए। और पलक झपकते ही दो कप चाय लेकर हाज़िर हो गए। ग़नीमत थी कि साथ में दो नानखटाई भी थी। उन्होंने नानखटाई का प्लेट अपनी ओर सरका लिया और शुरू हो गए—एक के बाद एक। मित्र ने उन्हें झेंपने का मौक़ा नहीं दिया—कोई बात नहीं...मैं मीठा छोड़ चुका हूँ...मेरी चाय में चीनी भी नहीं होती...ये वाली आपकी है। उन्होंने एक कप उनकी और बढ़ा दिया।

उन्हें दस बजे कॉलेज पहुँचना था। ज्वाइनिंग के बाद कॉलेज के ही आसपास घर भी तलाशना था। मित्र ने रात में आवभगत की डेफिसिट की भरपाई दमदार नाश्ता और उनके कॉलेज तक ड्राप और फिर पिक करने के उत्साहजन्य आश्वासन से की। उन्होंने सोचा यह कुछ कम नहीं...वरना आजकल लोग तो...बस पूछिए मत।

सुबह दोनों टहलने निकले। मित्र दुनिया-जहान की बातें कर रहे थे। ये ख़ाली हाँ हूँ से काम चला रहे थे। बस उन्होंने एक बार उत्सुकता दिखाई—और आपकी साहित्य-सेवा कैसी चल रही है। वे मुस्कुराए—यही तो सोच रहा हूँ—रात से सुबह हो गई मेरे प्रिय विषय पर आपने—कुछ चर्चा ही नहीं की। बस पन्द्रहवें उपन्यास पर काम कर रहा हूँ। पिछले ही महीने एक नया कहानी-संग्रह और एक कविता-संग्रह छपकर आया है। कविता उपन्यास के पाठक ही नहीं हैं क्या करूँ। अब सोचता हूँ कोई दूसरी विधा जैसे आलोचना या नाटक को ट्राई करूँ। उन्होंने बस इतना कहा—हाँ-हाँ क्यों नहीं। कुछ मत छोड़िए।

मित्र के साथ वे लगभग एक घंटे लेट राजकुमार कॉलेज पहुँचे। समय और दूरी के अन्तर्सम्बन्ध का ठीक-ठीक अनुमान लगाने में उनके मित्र फिर नाकामयाब रहे थे। बीस मिनट बोलकर चले थे, चालीस मिनट में पहुँचे—भाई एक-दो बार यहाँ आया ज़रूर हूँ, पर अन्दाज़ नहीं था कि इतनी दूर है, ऐसे

बोले जैसे किसी बात पर अफ़सोस कर रहे हों। ठीक है...आप जाइए...मैं इधर से पेट्रोल डलवाता हुआ निकल जाता हूँ। दोपहर में ससुराल जाऊँगा, वे फिर से हँस पड़े—लंच वहीं करूँगा। आप चार बजे तक फ्री हो जाइएगा, मुझे कॉल कर लीजिएगा, मैं आ जाऊँगा।

वे तो बारह बजे ही फ्री हो गए। फिर एक नये सहयोगी के साथ आसपास किराये के मकान के लिए चक्कर लगाते रहे। दो बजे इससे भी फ्री हो गए लेकिन मित्र को उन्होंने तीन बजे कॉल किया। वे नाहक उनके लंच में खलल नहीं डालना चाहते थे।

लौटते में मित्र काफ़ी देर तक पेट्रोल की क़ीमत की गणित में उलझे रहे थे, इस सरकार को भला बुरा भी कहा, अपनी क़िस्मत को कोसा कि आख़िर क्यों भावना में बह कर इतनी दूर लाने ले जाने को टिटिम्मा पाला। फिर खाना खाकर सो गए और जब इनका कॉल आया तो मेसेज लेटे-लेटे कर दिया कि निकल रहा हूँ। फिर मेसेज किया कि निकल चुका हूँ। फिर मेसेज किया कि गेट के बाहर ही रहिएगा। हिलिएगा नहीं। फिर यह कि ट्रैफ़िक में फँस गया हूँ, फिर यह कि अब गाड़ी रेंग रही है, जल्द पहुँच जाऊँगा। उनके फ़ोन की घंटी एक दो बार बजी, उन्होंने सुना, लेकिन बिस्तर से टस्स से मस्स नहीं हुए। फिर आख़िरी मेसेज कर दिया—यार सामने रास्ता रोक रखा है, ट्रैफ़िक डायवर्ट कर दिया है, शाम भी हो गई है, घर लौट रहा हूँ। आप किसी तरह आ जाइए...पता तो मालूम है न।

ऐसा भी क्या। ट्रैफ़िक तो होगी, लेकिन ऐसा भी क्या! उन्होंने भी मेसेज कर दिया देर से लौटूँगा, आप खाना खा लीजिएगा। जवाब में उन्होंने संक्षिप्तता की सारी हदें पार कर दीं, सिर्फ़ लिखा—जी। उनकी पत्नी ने बताया था कि रामपुर का नॉनवेज बड़ा लज़ीज होता है, कभी ट्राई कीजिएगा। उन्होंने सोचा कभी क्यों अभी ट्राई कर लेते हैं। दोस्त भी साथ नहीं है, भूख भी उफान पर है, जब से रामपुर में क़दम रखे हैं नाश्ता तो किये लेकिन खाना नहीं नसीब हुआ है। अब नहीं तो कब। शाम भी हो रही थी या यों कहें कि हो गई थी। वैसे भी यदि एक अनजान शहर में अकेले हों, जेब में मुद्रा हो, पिछली रात

मित्र के आग़ोश में भूखे सोए हों, दिन-भर बिना खाए पिए हलकान हुए हों, तो शाम और रात का क्या फ़र्क़—वक़्त में जो कसर बाक़ी है खाने की सही जगह तलाशते-तलाशते पूरी हो जानी है।

अन्ततः जब वे पूछते-पूछते रॉयल होटल पहुँचे तो घुसते ही एहसास हुआ कि शिद्दत की भूख लगी हो तो खाने से बढ़कर कुछ नहीं। ऐसे में खाने का इन्तज़ार ज़िन्दगी और मौत का सवाल बन जाता है। लेकिन यहाँ कोई इन्तज़ार नहीं था, यहाँ तो चट मंगनी पट ब्याह की तर्ज़ पर वेटर हाज़िर हुआ ऑर्डर लिया और बिरयानी कबाब कोरमा और नान पेश कर दिया। पहला कौर मुँह में जाने वाला था कि एक आवाज़ ने उन्हें चौंका दिया, समय और दूरी का तिलस्म यहाँ भी—नॉनवेज के ज़बरदस्त मिक़दार को थामे उँगलियाँ मुँह से कुछ इंच दूर रह गईं और वहीं हवा में जम गईं—एक आवाज़ उनसे टकराई, दिमाग़ ने द्रुत गति से काम किया, सुनी हुई आवाज़ थी, अभी एक दिन पहले की, फिर मस्तिष्क में कुछ रजिस्टर्ड हुआ, कौर को थाली की ओर ले जाते हुए उन्होंने आवाज़ की दिशा में गरदन मोड़ी और उनके मुँह से बेसाख़्ता निकला—अरे तुम, तुम्हीं हो न...। इतना बोलकर वे उसे निहारने लगे—हाँ तुम्हीं न कल रात को स्टेशन से मुझे ले आए थे। वह बस मुस्कुराए जा रहा था—मैं ही था। जी कल रात में।

उसका हुलिया बदला हुआ था। कपड़े साफ़-सूफ थे, गले में नारंगी अँगोछा, माथे पर गोल टीका, हाथ में मोबाइल। कहीं से कल वाला क़ुली नहीं लग रहा था। अब क्या किया जाए, वह पशोपेश में थे—खाने के लिए पूछते हैं और अगर बैठ गया, इस महँगे होटल में, मेहनतकश आदमी है, कस के खाएगा और फिर...। उनके मुँह से शब्द नहीं फूट रहे थे। उसने ख़ुद ही इनकी पशेमानी को दूर कर दिया—खिलाइएगा कुछ, बैठें? उनके दिमाग़ ने तेज़ी से काम किया—उसके प्रश्न में उन्हें एक डील नज़र आई। खाना अभी नहीं खिलाते हैं, पहले कुछ बात करते हैं, फिर इससे कुछ काम लेते हैं, तब इसके खाने की व्यवस्था करते हैं।

ये बताओ, ये तिलक, ये अँगोछा, क्या है सब? होटल के कांउटर को

घेरे कुछ नौजवान और थे। वे सब देश के लिए चिन्तित नज़र आ रहे थे।

वह बड़े धीरे से बोला, आप तो जानते ही हैं, जो काम मिल जाता है वही कर लेते हैं, आज देश बचाओ अभियान के कार्यकर्ता बने हैं, लेकिन दो घंटे से चन्दा के वास्ते घूम रहे हैं, सब ने कल परसों बुलाया है, मुझे आज की पड़ी है। न पिया न खाया। बस कुछ हो जाए तो...?

तुम्हारा रिक्शा? तुम तो रिक्शा भी चलाते हो ना।

अरे इन तिपहियों की वजह से कुछ नहीं चलता। वह उधर राजा सिनेमा के पास खड़ा आख़िरी साँसें गिन रहा है, लाऊँ क्या?

नहीं-नहीं ऐसा करते हैं तुम बाहर रिक्शा लेकर आओ, तब तक मैं खा लूँ। इसके बाद मुझे प्रोफ़ेसर कॉलोनी छोड़ देना, मैं तुम्हारे खाने का प्रबन्ध कर दूँगा।

उसको ये लेनदेन समझ में नहीं आया? उसको लगी थी भूख, और वह तत्काल खाना चाहता था। बहकावे में नहीं आया, ग़ुस्से में बोला, मास्टर साहब आप यहाँ टेबल पर अपने सत्य की खोज कीजिए, मैं चला स्टेशन। रामपुर मेल आने वाली है। उसने अँगोछे से तिलक को मिटा दिया।

उसके निकल जाने के कुछ देर बाद ही वे खाना शुरू कर सके। रामपुर के नॉनवेज में मज़ा आ गया था। आठ सौ बत्तीस रुपये पर आठ रुपये की टिपिंग करने के बाद जब वह बाहर निकले तो वह खड़ा मिला। वही क़ुली, चन्दा पार्टी का सदस्य, वही रिक्शा चालक—चलिए, रिक्शे से भी बोहनी कर लेते हैं, कुछ मेरा भी रियाज़ हो जाएगा। अब स्टेशन कौन जाए, आप जैसा पैसेंजर फिर भेंटा गया तो बेमौत मरूँगा। वह हँसने लगा। और ये भी।

चलो वहीं छोड़ दो। मुझे अभी रास्ते का ठीक से अन्दाज़ नहीं हुआ है। वे किसी तरह बमुश्किल रिक्शे पर अपने आपको बैठाते हुए बोले। बैठने की क़वायद में एक चप्पल नीचे गिर पड़ी और कपड़े में टायर की गन्दगी चिपक गई। उसने चप्पल उठाकर उनके पैरों में पहनाया, अपने गमछे से कीचड़ साफ़ किया रिक्शे पर सवार हुआ और हँसते हुए बोला—रिक्शे की आदत छूट गई है न आपकी...लेकिन प्रोफ़ेसर साहब के घर आपको पहुँचा देता हूँ।

आज उसकी कुछ इनकम नहीं हुई थी तो उसने शराब भी नहीं पी थी।

इसलिए बिना बकवास किये उसने अपनी सवारी को जल्द उसकी मंज़िल पर पहुँचा दिया। उसने रिक्शे से उतरने में उनकी मदद की और वे अपनी जेब टटोलते हुए धीरे से बोले—कितना हुआ। उसने कहा सिर जी हुआ तो पचास, आप जो भी दे दीजिए। वे जेब में हाथ से काग़ज़ के नोटो को गिनते सोच रहे थे आज तो कल वाली बात नहीं। कल तो सिर पे लाद के लाया था दो कि.मी. तक। अगर न मिला होता तो होटल का ख़र्चा बढ़ता। तो आज दरियादिली दिखाने की कोई ज़रूरत नहीं। जब जेब के अन्दर नोटों को समेट लिये तो एक बार फिर से पूछे, हाँ तो कितना। उसने फिर से कहा पचास। होटल में उन्होंने सौ-सौ के नौ नोट दिये थे, आठ सौ बत्तीस का खाना और आठ रुपये की टिपिंग के बाद उन्हें दस-दस के छह नोट वापस मिले थे। पहले उन्होंने पाँच निकाले, उसकी ओर बढ़ाया, जब उसने नोटों को माथे से लगाते हुए कहा ठीक है सिर जी चलता हूँ, बस इसी मार्केट में मिल जाऊँगा जब भी चाहेंगे, उन्होंने आख़िरी नोट भी निकाला, और उस मुलाक़ात का आख़िरी वाक्य—ये भी लो, खाना खा लेना, दारू मत पीना, उसके बाद सीधे घर चले जाना। और फिर वह चला गया।

दूसरे दिन नाश्ता करने के बाद वे ई-रिक्शे पर सवार होकर ख़ुद ही कॉलेज पहुँच गए। उनके मित्र का कॉलेज एकदम दूसरी दिशा में था, सो वे अपनी कार से गए। पहला क्लास जम कर पढ़ाया, छात्र-छात्राओं सहयोगियों और प्राचार्य महोदय पर इंप्रेशन जो जमाना था। इसके बाद देखा जाएगा। मास्साब के सत्य की खोज जारी रहेगी, जब तक वह मिल नहीं जाता, कुछ वैसे ही जैसे नेताओं की पदयात्रा जारी रहती है, तब तक, जब तक पद मिल नहीं जाता। और वह मिला फिर से, अलग परिधान में, अलग रंगरूप में, अलग ही अन्दाज़ में, और उसी मार्केट में जहाँ वह रोज़ पाया जाता था।

इससे पहले उनके मित्र की ओर से एक बैड न्यूज़ आई थी। मित्र ने फ़ोन करके धीमे और अर्धदुखी स्वर में कहा था—यार एक बैड न्यूज़ है... ये चौंके, अरे क्या हुआ? वे बोले, भाई बात यह है कि सास की तबीयत अचानक बिगड़ गई है, मिसेज का रो-रोकर बुरा हाल है, उनके भाई विदेश

में हैं, ले देकर मैं ही हूँ , लखनऊ ले जाना पड़ेगा, कोई उपाय नहीं, एम्बुलेंस आ रही है, दस मिनट में निकलना पड़ेगा। मुझे आपके सामान की चिन्ता है...तो मैंने यह किया है कि कामवाली को बोल दिया है...वह आपके सामान को निकालकर बरामदे में बैठेगी और घर को लॉक कर देगी। आप अपनी सुविधानुसार सामान ले लेंगे ताकि मेरी अनुपस्थिति में आपको कोई दिक़्क़त न हो। आप अपने कॉलेज के किसी सहयोगी के साथ बस कुछ दिन व्यवस्था कर लें, तब तक मैं आ ही जाऊँगा।

जब फ़ोन आया तो वे छात्रों के सामने अपना सर्वश्रेष्ठ प्रदर्शन देने में मशगूल थे। लेकिन जब बार-बार घंटी बजी तो उन्हें उठाना पड़ा। उन्होंने बिना हाँ हूँ के उनकी पूरी बात सुनी...दरअसल उन्होंने हाँ-हूँ का मौक़ा ही नहीं दिया था। वह चुपचाप सुनते रहे थे। अन्त मैं बस इतनी बात—आप चिन्ता न करें, जाएँ। फ़ोन ख़त्म होने के बाद उन्होंने क्लास में अपना लेक्चर पूरा किया और सीधा कॉलेज के उस अपरिचित बड़ाबाबू के पास गए, जिसने पिछले दो दिनों में पूरी हमदर्दी दिखाई थी—भइया, रहने की दिक़्क़त हो रही है, बस दो-चार दिन का जुगाड़ हो जाए तो आगे मैं कुछ कर लूँगा। मनोविज्ञान वाले शर्मा जी ने अपना ऊपर वाला फ्लैट उठाने के लिए कहा है, लेकिन वह अगले हफ़्ते ख़ाली होगा।

बड़ाबाबू अपने टेबल के नीचे दोनों हाथ छिपाकर खैनी मल रहे थे। खैनी मुँह के बायीं तरफ़ जमाए, हाथ को साफ़ किया और इशारा किया कि बैठिए—कोई दिक़्क़त नहीं, सामान उठाइए, ये रहा हमारा पता...कॉलेज से दस क़दम पर ही रहता हूँ...जब तक व्यवस्था नहीं हो जाती, आइए रहिए और खाना भी हमारे साथ खाइए। उन्होंने ये सुनकर बड़ाबाबू के सामने हाथ जोड़े और विनम्रतापूर्वक बाहर निकल आए।

कॉलेज से निकलते-निकलते चार बज गए थे। मार्केट पहुँचे तो लगभग पाँच बज रहे थे। और तभी वह मिला। उन्हें उम्मीद नहीं थी कि एक अपरिचित शहर में एक अपरिचित मवाली से तीन दिनों में तीन बार टकरा जाएँगे।

जब अचानक उनकी नज़र उस पर पड़ी तो वह अपने रिक्शे पर था, फटे

पुराने कपड़े, नंगे पैर, दुखियारी चेहरा। वह पैदल जा रहे एक युवा पति-पत्नी के साथ-साथ पैडल मारते चल रहा था। वे इग्नोर कर रहे थे लेकिन वह रिरियाता जा रहा था—बैठ जाइए बाबूजी जहाँ कहेंगे बहुत आराम से पहुँचा दूँगा, जो दस-बीस देंगे ले लूँगा सुबह से भूखा हूँ, घर पर बच्चे भी कुछ नहीं खाए हैं, मालिक सेवा का मौक़ा दे दीजिए...जान छुड़ाने के लिए उसकी बातों से तंग आकर या फिर उसके दुख से द्रवित होकर महिला के कहने पर पुरुष ने कुछ रुपये उसकी तरफ़ बढ़ाए। उसने बिना मेहनत के पैसा न लेने का स्वाँग किया और फिर अनिच्छा दिखाते हुए थाम लिया।

बस इसी क्षण उन्होंने उसे आवाज़ दी—सुनो...सुनो...मित्र! जैसे नज़र मिली उन्होंने आँख मारी—नौटंकी?

अरे मालिक आप! वह रिक्शे से उतर कर दोनों हाथ जोड़ लिया—कैसे हैं...फिर उसी होटल में...जा रहे हैं क्या? लेकिन अभी तो रात के खाने का समय भी नहीं हुआ। आइए मैं आपको अच्छी वाली चाय पिलाता हूँ और चाय के बाद वह एपीसोड हुआ।

उसने एक टपरे पर उन्हें चाय पिलाई। उन्होंने पूरी स्थिति का ख़ुलासा किया और तय पाया कि वह उन्हें प्रोफ़ेसर कॉलोनी ले जाएगा, सामान लादेगा और फिर उन्हें राजकुमार महाविद्यालय के नज़दीक छोड़ देगा। लेकिन आजकल देश के हर शहर की तरह रामपुर के जाम के भी क्या कहने। जब शहर के सारे मोटरसाइकिलवाले कार पर सफ़र करने लगें, जब सभी साइकिलवाले मोटरबाइक पर सवार हो जाएँ और सभी पैदलिया रिक्शा छोड़कर ई-रिक्शा पर जा बैठें तो एक अदना मरणासन्न रिक्शा ओवरब्रिज पर क़हर बरपा सकता है।

जब वे शहर के दिल पर बने ओवरब्रिज पर पहुँचे तो रिक्शेवाला उतर गया और वे बैठे रहे। वह उन्हें पैदल खींचता बढ़ा चला जा रहा था तभी रिक्शे में कुछ हुआ। ब्रिज के बीचोंबीच रोककर वह देखने लगा। ऑफ़िस और स्कूलों में छुट्टी का कुसमय और सभी को कहीं-ना-कहीं पहुँचने की जल्दी। आगे पीछे से गाड़ियों का हुजूम। जहाँ वह रुका था वहाँ उनकी स्पीड कम होने लगी। पहले तो छोटी गाड़ियाँ बग़ल से पास होती रहीं फिर अचानक पीछे एक

ट्रक रुक गया, आगे कुछ कारें एक-दूसरे से आगे निकलने के फेरे में फँस गईं। लोग उसे इधर-उधर रिक्शे को सरकाने के लिए कहते, वह करता भी, लेकिन फिर मोटरसाइकिल वाले फँस गए, जो अब तक किसी तरह निकले जा रहे थे। कुछ गाड़ी मालिक उतर-उतरकर उसके रिक्शे को कभी इधर तो कभी उधर घुमाते, लेकिन बात बनने के बजाय और बिगड़ गई। अब तक वह समझ गया था शहर के टाटा बिड़ला को उसने ही रोक रखा है। उसे मन ही मन गुदगुदी हो रही थी। बहुत दिनों की चाह पूरी हो रही थी। वह चाहता तो साँस लेने भर की जगह बना सकता था, उसने बनाया भी, लेकिन फिर ई-रिक्शों का रेला आगे की और रेंगने लगा, उसी साँस लेने भर की जगह में से उस पार निकल जाने की फ़िराक़ में गरदन बाहर निकाल-निकाल इसको डाँटते-डपटते वे आगे बढ़ने लगे। उसने बड़ी कुटिलता से उस ओपनिंग को ब्लॉक कर दिया...कैसे जाओगे सालों...फँसे रहो। बहुत जल्दी है तुम्हें!

किसी ने चिल्लाकर उन्हें रिक्शे से उतरने की सलाह दी कि वे रिक्शे से उतर जाएँ ताकि रिक्शेवाला जगह बना सके। उसने कहा सिर जी बैठे रहिए सालों को भौंकने दीजिए। उस शोर-शराबे में किसी ने सुना नहीं कि उसने सभी को एक साथ गाली दे दी। लेकिन इस रेलपेल में भी मास्टर साहब ने अपने फ़ोन से निकलने वाले मधुर संगीत को सुन लिया—और फिर मित्र की आवाज़—कैसे हैं? हम लोग अभी लखनऊ पहुँचे हैं, अस्पताल की ओर जा रहे हैं, सास जी और सीरियस हो गई हैं...आप सामान ले गए क्या। कामवाली मिली या नहीं...उन्होंने ज़ोर-ज़ोर बोलकर अपनी बात पहुँचाई—बस दस पन्द्रह मिनट में प्रोफ़ेसर कॉलोनी पहुँच रहे हैं...रुकने की व्यवस्था हो गई है, आप फिकर न करें, माताजी को लेकर हॉस्पिटल पहुँचें।

और तभी यह हुआ। उसने उन दो महानुभावों की बातचीत को सुना और अब सचमुच जगह बनाने लगा। धक्का-मुक्की में रिक्शे का अगला पहिया और हैंडिल जिस कोण पर पहुँच गए थे वहाँ से उसकी नज़र सहसा रिक्शे से दस फीट की दूरी पर फँसी कार की ड्राइविंग सीट पर पड़ी। उसकी आँखें मिचमिचाईं। उसने दुबारा देखा, तिबारा देखा। उसका माथा ठनका। उसे अपनी

आँखों पर पूरा विश्वास हो गया था। पीछे घूमकर उसने पूछा—आपके मित्र का फ़ोन था न, लखनऊ गए हैं। उनके ये कहने पर कि हाँ, उसने कहा आगे से दूसरी गाड़ी में देखिए, वही हैं...वही आपके दोस्त! गरदन लम्बी कीजिए, चाहे उतर के देख लीजिए। वही तो हैं। लेकिन जब तक वे गरदन लम्बी करते या उतरते, ट्रैफ़िक चालू हो गई, गाड़ियाँ रेंगने लगी थीं। वे नहीं देख सके।

वे सचमुच नहीं देख पाए। भीड़भाड़ में कुछ समझ भी नहीं पाए। वह अभी भी बकबक किये जा रहा था, प्रोफ़ेसर साहब ही थे, दो गाड़ी आगे से आपसे फ़ोन पर बतिया रहे थे। उन्होंने उसके बकबक पर ध्यान नहीं दिया, बोले चलो जल्दी नहीं तो फिर फँस जाएँगे। हमने उनसे कहा है कि दस-प्रन्द्रह मिनट में पहुँच जाएँगे। वह हँसा तो हँसता ही चला जाता था।

जब वे समान चढ़ाकर बड़ाबाबू के घर की ओर जा रहे थे तो काफ़ी उधेड़-बुन में थे। मित्र के बारे में उनकी राय लगभग क़ायम थी। उन्होंने तो भीड़ में कुछ देखा भी नहीं था, अब रिक्शेवाले की बात पर कितना यक़ीन किया जाए। उन्हें थोड़ी शर्मिंदगी भी हो रही थी कि यह बन्दा सोच रहा होगा पढ़े-लिखे लोग, वो भी मास्टर साहब लोग, अपने मित्रों के साथ दिन के उजाले में ही भला ऐसा कैसे कर सकते हैं। फिर एक क़ुली, एक रिक्शेवाले और इतने बड़े ज्ञानी में अन्तर ही क्या हुआ। फिर मित्र की तरफ़ से पूरी तरह आश्वस्त होने के लिए उन्होंने उसे कुरेदा—पीकर आए हो क्या! होश में नहीं लगते। शायद नीम-नशे की हालत में इसे धोखा हुआ हो। वह हँसने लगा—नहीं मालिक दिन में कौन पीता है। लेकिन आज रात में जम के पीऊँगा और उसी होटल में खाना खाऊँगा जिसमें कल आप खाए थे।

अरे! ज़्यादा कमाई हो गई क्या, उन्होंने ठिठोली की।

सही पकड़े! वह उचककर बोला।

कितना, बताओगे?

देखिए सिर आज का दिन बहुत अच्छा गया...बहुत लकी। कल रात साठ रुपये आपने दिये थे लेकिन उससे काम नहीं बना तो सीधे स्टेशन पहुँच गए। वहाँ आप वाली ट्रेन लेट पर लेट होती गई तो रात-भर वहीं बैठे रहे। सुबह जब

गाड़ी आई तो दो राउंड पैसेंजर मिल गए। फिर भारत बचाओ चन्दा वसूली में गमछे और टीका ने पैसे दिलवा दिये।

बाक़ी तो मेरी नौटंकी मार्केट में आपने देख ही लिया था। वह जैसे लजा गया—कुल तेरह सौ आज की इनकम! कम नहीं है साहेब।

वे बड़ाबाबू के गेट पर पहुँच गए थे। सामान उतारने के बाद वह रिक्शे की दोनों हैंडिल पकड़े खड़ा था। जाने को तैयार। तेरह सौ में और बढ़ोत्तरी होने वाली थी। फिर तो जश्न, और कल छुट्टी। लेकिन वे सोच-विचार में पड़ गए थे। दें कि न दें। तेरह सौ रुपये तो कमा ही चुका है। मस्त-मौला है। बिना किराया लिये भी राम-राम करते हुए चला जाएगा। वैसे भी इसका सब पैसा दारू-वारु में ही जाएगा। उस दिन रात में तीन सौ साढ़े तीन सौ से ज़्यादा नहीं बनता था लेकिन मैंने पाँच सौ की पत्ती थमा दी थी।

मित्र का फ़ोन फिर से आ रहा था। मित्र सौ प्रतिशत निश्चिन्त हो जाना चाहते थे कि वे सामान लेकर जा चुके हैं। उन्होंने कॉल को मिस्ड हो जाने दिया। फिर अपनी शर्ट की ऊपर वाली जेब को टटोलते हुए बोले—चेंज नहीं है भाई, बड़ी मेहनत किये तुम लेकिन क्या करें...फिर दे देंगे, मिलना तो होता ही रहेगा। कोई कष्ट तो नहीं?

उसके पास तो चेंज था, दस से लेकर सौ तक के कई नोट थे। पर वह कुछ नहीं बोला। अपने कष्ट को ज़ाहिर नहीं किया—कोई बात नहीं सर जी, फिर ले लेंगे। वह जाने लगा, रिक्शे पर बैठ गया, तब उन्होंने हँसते हुए कहा—और सुनो, अपनी आँख की जाँच करवा लेना। कुछ का कुछ देख लेते हो। वे फिस्स से हँस पड़े।

वह भी हँसने लगा। अब मैं क्या कहूँ सिर जी, आप तो सत्य के खोजी हैं...

वे बुदबुदाए—सत्य तो फुटबॉल हो गया है जी, कहाँ खोजें।

जाते-जाते आपको एक सच बताना चाहता हूँ। वह बोला।

क्या? वे चौंके तो लेकिन ज़ाहिर नहीं होने दिये।

उस रात मैंने जान-बूझकर खिलवाड़ किया था। बस परेशान कर रहा था आपको।

वे उसे घूरने लगे, घूरते रहे—भला क्यों?

वह बोला—इसलिए कि स्टेशन पर धोखा खा गया था, आपका बक्सा सचमुच भारी था, रास्ता लम्बा, और मेहनताना अनिश्चित!

अच्छा! उनके मुँह से बस यही निकला।

वह उन्हें देखता रहा फिर मुस्कुराया—आज भी मन कर रहा है कि आपके साथ कुछ खिलवाड़ करूँ...कुछ नाटक...।

वाह बेटा! जा भाग तो, वे हँसते हुए बोले।

वह भी हँसा, उनसे तेज़—हाँ भागकर जाता हूँ, आँख की जाँच करवाने। बाय-बाय, फिर मिलूँगा। और वह चला गया।

लगभग एक हफ़्ते बाद उनके मित्र का फ़ोन आया—आ गया हूँ लखनऊ से। सास जी ठीक हैं। मिसेज और बच्चे भी घर आ गए हैं। किसी दिन टपक पड़िए। खाने पर या चाय पर—जैसी सुविधा हो—बतकही होगी—कुछ पुराने दिनों की, कुछ आपके नये महाविद्यालय की। बस फ़ोन कर लीजिएगा ताकि...।

कुत्ता-बिल्ली

अनिरुद्ध सिंह के घर लौटने का फ़ैसला विषम परिस्थितियों में हुआ। जो हालात दरपेश थे उनमें लखनऊ...अपने घर जाना बस अन्तिम विकल्प हो सकता था। दूसरा, तीसरा, चौथा, पाँचवाँ...कोई भी नहीं, बस अन्तिम विकल्प। ख़ासतौर से ऐसे में पापा से मिलना! पापा बीमार थे और चाह रहे थे कि एक बार वे दोनों या कम-से-कम वही अकेले उन्हें देख जाए, उनसे मिल ले। यह अलग बात थी कि अब चेन्नई में उसका मन बिलकुल भी नहीं लग रहा था। ब्रेक फ्रॉम चेन्नई! लांग ब्रेक फ्रॉम डियर चेन्नई। लेकिन पापा को फेस करना उतना ही मुश्किल था जितना कि चेन्नई में रुके रहना।

बहरहाल, पिछले तीनों साल, अगर पहले तीन महीने इस कैलेंडर से निकाल दें तो, कुल मिलाकर एक से गुज़रे थे—हर रोज़, मुसलसल बेसिर पैर के झगड़े में। जिसे कहते हैं सचमुच का जीना-हराम! सुखी विवाहित जीवन के गुर सिखाने वाली किताबों से एक अनमोल हीरा तलाश कर वे ले आए थे और उनके अलिखित समझौते में यह हीरा एक क्लॉज़ के रूप में जड़ा था—हम अपनी बातों को, समस्याओं को, मतभेदों को, झगड़ों को पब्लिक नहीं करेंगे, किसी से शेयर नहीं करेंगे, इसमें किसी को शामिल नहीं करेंगे—न अपनों को न ग़ैरों को। ज़रूरत आन ही पड़े तो प्रोफ़ेशनल मदद लो। उससे भी पहले, सोने से पहले सारे मलाल दूर कर लो। कहा नहीं जा सकता कि इस समझौते को किसने सुझाया था लेकिन माना दोनों ने था, ख़ुशी-ख़ुशी। उनकी समझ में यह एक गारंटी थी कि अगर कोई इश्यू, कोई बात आई भी तो बस

'गई' होकर रह जाएगी। और यह कि बात को सुलझाने के बहाने उलझाने वाले खिलाड़ियों से निजी स्पेस को सुरक्षित रखना उनके वैवाहिक जीवन में एक कवच का काम करेगा।

पकी उम्र में और एक अच्छे बैंक बैलेंस के बाद जब आप शादी के बन्धन में जाना चाहते हैं तो इस तरह की सोच, समझ और सावधानी स्वाभाविक ही है।

पर इन सबके बावजूद कवच दरक गया। मज़ाक़ या सच के तौर पर यह भी कह सकते हैं कि इसी सावधानी, इसी कवच के बिना पर उनकी शादी पूरे तीन साल तक चल गई। जो भी!

तमन्ना के घर छोड़कर चले जाने के बाद अनिरुद्ध ने लगभग दो हफ़्ते बड़े अच्छे बिताए—पीस ऑफ़ माइंड और कम्पलीट सेंस ऑफ़ फ्रीडम के साथ। पूरे घर को फिर से सेट किया। घर मतलब दो कमरे का फ्लैट। पर्दे, सोफ़ा, गमले, बुक केस, बेड का डाइरेक्शन, बेडशीट, पेंटिंग, बिग बास्केट, ज़ोमैटो, पेमेंट्स, कुसमय के फ़ोन; गरचे जिन-जिन चीज़ों को लेकर तमन्ना से तकरार शुरू होती थी और जो सोने से पहले भरे-पूरे रार और जंग में बदल जाती थी, उन सभी पर नज़र दौड़ाई। कुछ में थोड़ा फेरबदल किया, कुछ में पूरा। कुछ मज़ेदार उलटबाँसियाँ भी हुईं। बाई, जो तमन्ना की चम्मच थी, उसको पहले निकाला लेकिन नई बाई से हर दिन नाश्ते में बिना घी के पराठे बनवाए जो तमन्ना का फेवरिट था लेकिन उसे ख़ुद नहीं पसन्द था, पर अब उसी में स्वाद मिला। सुनीता के फ़ोन पर भौंहें तरेरने वाला, फ़ोन के दौरान और बाद में बेमतलब के प्रश्नों की बौछार करने वाला अब घर में कोई नहीं था, फिर भी उसने एक बार भी अपनी ओर से सुनीता को फ़ोन नहीं किया। सुनीता भी इग्नोर मार रही थी। समझौते के मुताबिक़ उसने सुनीता से कुछ शेयर नहीं किया था पर उसे भनक थी कि इनके यहाँ कुछ चल रहा है।

उलटबाँसी का तो सबसे अच्छा मंज़र यह रहा : अनिरुद्ध मानता था, और शायद जानता भी था कि वह अब खुली हवा में साँस ले रहा है, जितनी देर तक चाहे पढ़े-लिखे, मोबाइल चलाए, रील्स देखे या देर तक बाहर घूमे, कोई आगे पीछे नहीं जिसको इन बातों से ग़ुस्से का दौरा पड़ जाए। पर उसने

यह सब कुछ नहीं किया। तमन्ना के जाने के बाद समय से सोना और देर से जगना। पहले देर से सोकर देर से उठता था। और कई बार तो वह तब जगता था जब तमन्ना ऑफ़िस जा चुकी होती थी। तमन्ना इन बातों में बहुत ख़ास थी। लेट नहीं माँगता। बिलकुल भी नहीं। टाइम से सब काम। और सलीक़े से। और सलीक़ा भी वही डिसाइड करेगी।

अनिरुद्ध ने शुरू-शुरू में एडजस्ट करने की बहुत कोशिश की थी—नाश्ते, खाने-सोने जागने, सफ़ाई, गीला तौलिया, गन्दा मोज़ा कमरे में जूता चप्पल... सभी कुछ धीरे-धीरे लाइन पर आ भी गया था कि सैलरी वाली बात हो गई। उसकी सैलरी बढ़ी, इसकी कम्पनी पस्त थी। तमन्ना ने जो अपने इनर ग्रुप की पार्टी दी, उसमें वह जाना नहीं चाहता था। बस उसका स्वभाव ही ऐसा था, अनजानों से नहीं मिलना। जाना पड़ा और गया तो बस ख़ुद को हाँ-हूँ तक सीमित रखा। तमन्ना ने पार्टी तो नहीं ख़राब होने दी लेकिन घर लौटने पर अनिरुद्ध की नींद-चैन हराम कर दिया—तुम्हें अच्छा नहीं लगा न मैंने कुछ दोस्तों के साथ पार्टी कर ली...बस यही न उनके साथ मैं ख़ुश हो रही थी। डाइजेस्ट नहीं कर पाए मेरी ख़ुशी या...वह एक पल के लिए रुकी, चेक की कहीं वह सो तो नहीं गया है...वह जग रहा था आँखें बन्द किये...फिर धीरे से उसने विषवमन किया—मेरी इन्क्रीमेंट नहीं पचा पाए न, शुरू से ही तुम्हारा यही नेचर है...जब गूगल में मेरा हो गया था और तुम रह गए थे तब भी तुमने यही नाटक किया था...तुम मुझसे जलते हो। मेरे फ्रेन्ड्स के सामने जानबूझकर तुमने मुझे अपमानित किया।

उसने आँखें खोलीं, लेकिन बोला कुछ भी नहीं। शक्ति-विहीन, तर्क-विहीन लेटा रहा। तमन्ना की आख़िरी बात दरअसल उसे गहरे चोट की थी। वह क़तई किसी से भी नहीं जलता था। वह किसी भी कम्पनी में काम करने को तैयार था। बस काम कम होना चाहिए। कोई किसी भी कम्पनी में जाए, कितनी भी सैलरी पर, दूर-दूर तक उसके सरोकार में नहीं था। वह तो बस उसके दोस्तों की कम्पनी में अनकंफ़र्टेबल फील कर रहा था। तमन्ना ने इसी को बात का बतंगड़ बना डाला। उसने अपने को कंट्रोल करते हुए कहा, तमन्ना मुझे सोने

दो। और यह क्या, तमन्ना ने उसके बाद उसे सोने दिया।

ऐसा ही कुछ हुआ था जब वे पिछले साल शादी की सालगिरह पर बैंकाक जाने का कार्यक्रम बना रहे थे। तमन्ना ख़ुशी और उसके पार्टनर के साथ ग्रुप बनाकर जाना चाहती थी, अनिरुद्ध अकेले जाने पर अड़ गया—वह, ख़ाली वह और तमन्ना। वह गया, सबके साथ गया, ख़ुश भी रहा, एन्ज्वाय भी किया। लेकिन ट्रिप से लौटने के बाद तमन्ना हफ़्ते भर मानने को तैयार नहीं थी कि शादी की सालगिरह पर वह ख़ुश था। उसने तमन्ना को कन्विंस करने की कोशिश भी नहीं की, चुप ही रहा। इससे वह और वोकल होती, पूरा वीक टॉर्चर भरा रहा। बाद में उसने फील किया कि उसे बोलना चाहिए था, अपनी सफ़ाई देनी चाहिए थी, बार-बार कहना था कि ट्रिप में वह एकदम नार्मल था। लेकिन उसने चुप्पी को एक हथियार की तरह इस्तेमाल किया था। जब न तब तमन्ना तीर चला देती—पहले तो तुम बोलते थे, अभी भी बोलते हो, घर से फ़ोन आ जाए या सुनीता मैडम का या संकेत का, तुम्हारी बक-बक बन्द नहीं होती, तब तुम्हारी हँसी ठिठोली कोई मुझसे पूछे। लेकिन मेरे साथ तुम अजनबियों जैसा व्यवहार करते हो।

तन्हा वजूद के दो हफ़्ते बीते होंगे कि अनिरुद्ध को महसूस हुआ कि सब कुछ ठीक नहीं जा रहा है। तमन्ना के जाने के बाद एक प्रकार की डरावनी एकरसता उस छोटे से फ्लैट में सेट करने लगी थी। उसका वर्क फ्रॉम होम चल रहा था इसलिए उसका मूवमेंट पूरी तरह घर और नीचे ग्रोसरी शॉप तक ही सीमित था। नई वाली बाई पन्द्रह बीस मिनट में काम निपटाती और भागती। और फिर सन्नाटा। वह चाहता था कि वह कुछ देर और रुके, एक दो बार उससे और पूछताछ करे कि क्या पकाना है, क्या नहीं, किचेन से बर्तनों की आवाज़ आती रहे, कुकर की सीटी बजती रहे। फ्रंट डोर नेबर से उसकी बनती नहीं थी, तमन्ना ही उनसे भिड़ गई थी, सामने जूते-चप्पल रखने के मसले पर। बग़ल वाले कपल की नौकरी कोरोना के भेंट चढ़ गई थी और वे फ्लैट छोड़कर चले गए थे। नौकरियों का टोटा था तो किरायेदारों का टोटा उसका नेट रिज़ल्ट था। ऐसे में बाई के जाने के बाद वह अपने आपको पूरी तरह

समेट लेता। उसका वजूद दो कमरे, एक ड्राइंगरूम एक बालकनी से कटकर सिर्फ़ एक कमरे तक सिमट गया।

आज वह अपने पुराने बेडरूम में गया और दरवाज़े के पीछे टँगे तमन्ना के कुर्ते और जींस पर उसकी नज़र पड़ी। अब तक तमन्ना की आख़िरी छवि जो उसकी आँखों में थी वह इसी कुर्ते और इसी जींस में थी जिसे पहनकर आख़िरी बार वह इस फ्लैट से निकली थी—ओके आइ एम गोइंग...वह मुड़ी, रुकी, फिर बोली, फ़िलहाल मैं नम्बर नहीं बदल रही, बट प्लीज डोंट कॉल मी। बाय।

लेकिन वह शायद कुछ और पहनकर निकली होगी। शायद दूसरा कुर्ता और दूसरी जींस। या शायद सूट या फिर शार्ट्स और टॉप में गई हो। उसे याद नहीं आ रहा था। उसने लटके कपड़ों पर एक उड़ती-सी नज़र डाली, चलने को हुआ, फिर रुका, छूने के लिए हाथ बढ़ाया, लेकिन हाथ कपड़ों पर नहीं, हैंडिल पर गया। उसने दरवाज़ा खोला, एक पैर बाहर...फिर दोनों पैर अन्दर, लटके कपड़ों को एक बार और देखा फिर बाहर निकल गया। एकदम हौले से।

पापा की तबीयत ठीक नहीं चल रही थी। उन्होंने चिट्ठी लिखना छोड़ा नहीं था। मोबाइल कॉलिंग और मेसेजिंग दोनों ही में वे असहज थे। दो तीन महीने में उनका स्पीड पोस्ट आ ही जाता। पोस्ट ऑफ़िस जाकर वे ख़ुद सारा काम निबटाते। पिछले हफ़्ते ही उनका ख़त मिला था। प्रिय मुन्ना के बाद अपनी तबीयत का अपडेट, डॉ. अग्रवाल की आलोचना, उसको नेचुरोपैथी के दो चार नुस्ख़े, तमन्ना की कुशलक्षेम और पेंशन समय से आ जाती है के बाद तुम दोनों सदा ख़ुश रहो से उनकी चिट्ठी पूरी होती। इस बार ख़ुश रहो के बाद एक पंक्ति और लिखी थी—समय निकाल कर एक बार आ जाओ। बहुत दिन हुए।

वह पहले से ही जाने को था। तमन्ना को टाइम नहीं था और वह जाना भी नहीं चाहती थी। लेकिन जो स्थितियाँ बन गई थीं उसमें वह न चाहते हुए भी जाना चाह रहा था। घर नहीं तो अब और कहाँ। चेन्नई अब असम्भव हो गया था। कुछ दिन के लिए तो इससे अलग होना ही पड़ेगा। ऑफ़िस के लिए

वह इतना ज़रूरी नहीं था कि छुट्टी के लिए ज़्यादा हाथ-पाँव मारना पड़ता। लीव विदाउट पे का विकल्प खुला था और वह मिल गई। जिस दिन फ्लाइट थी, उसके एक दिन पहले लगा वह बीमार है, नहीं जा सकता। या नहीं जाना चाहता है। उसने फ्लाइट की टिकट कैंसिल किया और दो दिन बाद का ट्रेन का टिकट लिया। इससे उसे कुल मिलाकर चार दिन का ब्रीदिंग स्पेस मिल गया। घर जाना और पापा को फेस करना अनिरुद्ध सिंह के लिए मौत से गुज़र जाना था। क्योंकि वे पापा को प्यार करते थे और पापा उन्हें। दो दिन ट्रेन यात्रा में यह विकल्प हमेशा खुला रहेगा कि लखनऊ से पहले वह कभी भी उतर सकता था।

उस तसल्लीबख़्श ख़याल के साथ उस रात वह ख़ूब सोया। तमन्ना नींद में दिखी फिर ओझल हो गई, फिर दिखी, फिर ग़ायब होने से पहले हमलावर हो गई—जाओ अपने घरवालों की पसन्द से, नहीं-नहीं अपने पापा की पसन्द से किसी और से शादी कर लेना जो तुम्हारी बकरी बनकर रहे। अपने बाप की औलाद हो न, जाओ-जाओ। और सुनो, उसका सुर बदला, खिड़की दरवाज़े क़ायदे से बन्द करके निकलना। बाई से कहना गैस बन्द कर देगी। उसकी पगार बाक़ी है दे देना। वह गहरी नींद में था, कुछ नहीं सुना, कुछ नहीं समझा, सुबह उसे कुछ भी याद नहीं रहा।

जिस दिन चलने को हुआ तो बाई सामने मिली। उसने जेब से पैसे निकाले, उसे थमाया, गैस और सभी खिड़की दरवाज़े बन्द करने को बोलकर उसने मोबाइल को चार्ज में लगाया, बैग में जल्दी-जल्दी कपड़े ठूँसे, और बाथरूम की तरफ़ बढ़ा—इस कमरे का बाथरूम जो पहले उनका बेडरूम होता था। उसे लगा बाथरूम में शावर चालू है और पानी गिर रहा है। वह चौंका, ऐसा कैसे हो सकता है। भला इस बाथरूम में कौन हो सकता है...लेकिन था तो कोई ज़रूर उनके अपने बेडरूम के बाथरूम में। वह तो कभी शावर से नहाता नहीं था और शावर से पानी गिरने की आवाज़ वैसी ही थी जैसी जब तमन्ना शावर यूज़ करती थी। वह खड़ा रहा, उसे अजीब लग रहा था, और अच्छा भी। वह खड़ा सुनता रहा—पानी का झर-झर गिरना और बाथरूम को पार

करके आती हुई गुनगुनाने की मद्धम आवाज़। उसकी धड़कन बढ़ने लगी। जब तक संशय था अच्छा और अजीब लग रहा था। जब निश्चित हो गया कि यह उसका वहम नहीं है तो सीने में धक-धक-धक। जैसे धक-धक-धक करते हुए कलेजा बाहर को आ जाएगा। फिर एकदम से दरवाज़ा खुला और बाई बाहर निकली—साहब जी, ये किचेन की साफ़ी है न, गन्दी हो गई थी, सोचा इसे साफ़ करके रख दूँ। किचेन के बेसिन में पानी नहीं आ रहा। अनिरुद्ध ने बाई के पीछे बाथरूम में देखा, टैप बन्द करने के बाद की आख़िरी बूँद टोंटी से लटकी हुई थी, शावर एकदम ड्राई, सूखा! उसने बहुत धीरे से कहा ठीक है, बाथरूम बन्द कर दो, कमरा बन्द कर दो, बाहर आओ। उसे लगा कि उसका गला सूख रहा है, उसे दो घूँट पानी चाहिए।

स्टेशन पहुँचकर उसने सोचा घर फ़ोन कर देना उचित रहेगा। सीनियर सिंह साहब पुराने स्कूल के पढ़े थे सो अपने ही लिखे को भूल जाते थे—छूटते ही पूछा—क्यों, क्यों आना चाहते हो, अब तो तुम लोगों का ऑफ़िस खुल गया है। आपकी तबीयत, अनिरुद्ध ने बीच में टोका। नहीं, तबीयत तो ठीक है। उधर से छोटा-सा जवाब। एक दो पल की चुप्पी फिर—अच्छा कब आ रहे हो, अकेले या तुम दोनों। उसने कहा नहीं बस अकेले...ट्रेन का नाम बताते-बताते बता दिया। उधर से एक लम्बा-सा अच्छा...।

पिछली बार घर वह तीन साल पहले गया था, तमन्ना को लेकर, उसे मिलाने। तब मम्मी-पापा साथ थे। शादी से पहले चेन्नई से लखनऊ उसके घर अकेले ही आने पर, और उसके खान-पान बेतकल्लुफ़ी, पहनावे और ऐक्सेंट से मम्मी तो ओके थीं लेकिन सीनियर सिंह साहब मिज़ाजन शुरू में तो ख़ामोशी अख़्तियार किये रहे लेकिन फिर अकेले में उससे बोले थे—इस तरह की शादियाँ नहीं चलतीं, बावजूद इसके खुलकर मना नहीं किया था। वह हँसा था—नहीं पापा, बहुत समझदार लड़की है, सब ठीक रहेगा। आशीर्वाद दीजिए।

अलग हो जाने के बाद भी मम्मी-पापा साथ-साथ चेन्नई आए थे, अनिरुद्ध और तमन्ना की कोर्ट मैरिज और फिर दोस्तों के साथ हुई उनकी वेडिंग पार्टी

में शामिल हुए थे। दूसरे दिन उनकी फ्लाइट थी। एक दिन बाद मम्मी को कॉलेज ज्वाइन करना था। प्रिंसिपल के चार्ज में थीं और होने वाली परीक्षाओं का दवाब था। वे बनारस और पापा लखनऊ। अपनी अपनी राह।

चेन्नई पीछे छूटता जा रहा था। रेल से उसे बचपन से ही बहुत उंसियत थी, क़ुदरती तौर पर। आँख खुलते ही रेलवे कॉलोनी को देखा था। रेलवे कॉलोनी की जो अपनी दुनिया होती है, जो अपनी सुगंध और अपना स्वाद होता है, जो वहाँ अपनैती होती है, हर वक़्त वहाँ जो काम और आराम का, शहर और देहात का सन्तुलन पसरा रहता है, उसमें आदमी बँध जाता है। अनिरुद्ध की मम्मी को यह बन्धन पसन्द नहीं था। रेलवे कॉलोनी के सीमित सुरक्षित घेरे में उनकी साँस फूलती थी। पहले दिन से वे वहाँ से बाहर निकलना चाहती थीं। अपने बल पर उन्होंने अपनी पी-एच. डी. पूरी की थी और कॉलेज की नौकरी हासिल की थी। कॉलेज की प्रोफ़ेसरी ने उन्हें इस बन्धन से मुक्त कर दिया था। मम्मी-पापा के मतभेद यहीं से शुरू हुए थे, जो बस बढ़ते गए थे।

चेन्नई दूर से दूरतर होता जा रहा था। टीटी काला कोट पहने सामने खड़ा था—आई.डी. प्लीज़। अनिरुद्ध ने अपनी आईडी आगे बढ़ाई, फ़ोटो साफ़ नहीं थी, उम्र ग़लत थी, पता न जाने कहाँ का था, फिर भी टीटी सन्तुष्ट हो गया। अनिरुद्ध सोचने लगे थे अपनी आई.डी. के बारे में—रेल का बच्चा, चेन्नई का इंजीनियर, कभी काम से तो कभी काम की तलाश में, मम्मी-पापा का इकलौता, कभी मम्मी के पास तो कभी पापा के, तमन्ना का पति, शायद अब भूतपूर्व। ऐसा नहीं कि यह सब अभी सोचने लगे थे। अमूमन सोचते थे, बारहा सोच थे, फिर परेशान से होकर टीटी की तरह धुँधली फ़ोटो के बावजूद भी सन्तुष्ट हो जाते थे।

सुनीता का फ़ोन बजा, नहीं उठाया। मेसेज आया, छोटा-सा जवाब दे दिया—पापा अनवेल, गोइंग होम। सामने वाली बर्थ पर मियाँ बीवी, एक बुज़ुर्ग और दो बच्चों से बना परिवार खाने की तैयारी कर रहा था। खाने के बाद बूढ़े ने धीरे से पूछा रामारेड्डी...रामारेड्डी कब आएगा...। नौजवान ने मोबाइल पर चेक करके बताया—लगभग एक घंटे के बाद रामारेड्डी। चाय।

बूढ़ा धीरे से फुसफुसाया, वहाँ की चाय अच्छी होती है, सोता हूँ...जगा देना। या जागता रहूँ?

रेल की लम्बी नौकरी करने के बावजूद भी अनिरुद्ध के पिताजी को चाय का चस्का नहीं लगा था। घर में भी चाय की कोई डिमांड नहीं, कोई व्यवस्था नहीं, विशेषकर जब से वे अकेले रहने लगे थे। मम्मी चाय की दीवानी! यह तो वह कहती फिरती थीं। हर वक़्त चाय की तलब के साथ जीती थीं, बनाती भी अच्छा थीं। जहाँ जातीं नई-नई चाय की पत्ती ट्राई करतीं। वह चाय पीतीं और पापा सामने बैठे ख़ाली उनका मुँह ताकते। जब पापा के साथ वह चाय पीती तो उन्हें पूरा मज़ा न आता। बहुत इसरार करतीं तो पापा कभी-कभार बस उनका मन रखने के लिए पी लेते। न तारीफ़ करते न बुराई।

ऐसे में उसने माँ को कभी-कभी कहते हुए सुना था—हिटलर भी कोई नशा नहीं करता था, चाय तक का नहीं...दुनिया तबाह करके रख दिया। तमन्ना को चाय, कॉफ़ी कुछ भी नहीं पसन्द था। बस पानी, गरम पानी, नींबू पानी और हेल्थ ड्रिंक। अनिरुद्ध तो था चायवाला नं. एक, लेकिन पापा का सोचकर तमन्ना को माफ़ कर देता था—ठीक है तो मैं बाहर पीकर आता हूँ। तमन्ना बड़-बड़ करती। अनिरुद्ध विनम्रता से कहता—ठीक है तुम मत पियो पर मुझे जाने से मत रोको। बात बढ़ती और बढ़ती चली जाती। टोकने को वह अपना अधिकार समझती।

लो पापा का फ़ोन। गाड़ी धड़धड़ाते हुए तमिलनाडु की सीमा से बाहर निकली जा रही थी। सामने बूढ़ा आदमी चाय पी रहा था। पापा पूछ रहे थे—वही बात फिर से—अकेले हो या दोनों आदमी। अकेले ही हो कि तमन्ना भी साथ है ऐसा उन्होंने नहीं पूछा था। यह भी अच्छा था, तमन्ना का नाम पापा के ज़बान पर अभी नहीं चढ़ा था। फिर पूछा, गाड़ी कब पहुँचेगी और बिना सुने फ़ोन बन्द कर दिये।

दूसरे दिन सुबह आँख खुली तो गाड़ी जाने-पहचाने उत्तर भारतीय लैंडस्केप से गुज़र रही थी, यानी घर अब दूर नहीं। उसने फ़ोन चेक किया, संकेत के दो तीन मिस्डकॉल थे। संकेत अनिरुद्ध की इससे पहले वाली कम्पनी का

राज़दार क़ुलीग था। सामने बैठे सहयात्री साथ लाए खाने-पीने की शेष बची खाद्य-सामग्री को आँट-बाँट कर खा रहे थे। उसने विंडो की तरफ़ मुँह करके कॉलबैक किया—सफ़र में हूँ भाई, सो रहा था...कैसा है तू। उधर से जवाब आया—तुम लोगों के बीच कुछ हुआ क्या! कल तमन्ना मिली थी, उखड़ी-उखड़ी लग रही थी। मैंने तुम्हारे बारे में पूछा तो बोली नहीं, बस हँसने लगी। बोली किसी अच्छी लोकैल्टी में एक अदद फ्लैट की तलाश है। फिर कोई आ गया, मैं बंदे को नहीं पहचानता था, उसी के पीछे-पीछे चली गई।

वह प्लेटफ़ार्म पर ही खड़े-खड़े ओला के लिए ट्राई कर रहा था कि धीरे से आवाज़ आई—आ गए! वह मुड़ा, पापा थे। वे इस तरह से सामने खड़े थे—इतनी सरलता से, बिना किसी स्पष्ट उत्तेजना के, और स्वर में बिना किसी आरोह-अवरोह के उन्होंने 'आ गए' बोला था कि अनिरुद्ध बिलकुल नहीं चौंका। उसे उम्मीद भी नहीं थी कि कोई उसे लेने आएगा। उसके यहाँ यह परिपाटी नहीं थी। मम्मी जब साथ रहती थीं और कभी बाहर जाकर आती थीं तो बस अकेले जाकर अकेले आ जाती थीं। वह चेन्नई या उससे पहले पूना से जब कभी आता तो अकेले ही घर पहुँच जाता। पापा कब आते कब जाते पता ही नहीं चलता। तमन्ना को यह नापसन्द था। इसका वह इश्यू बना देती। सब काम छोड़कर उसे छोड़ने और लेने जाओ। नहीं कैसे जाओगे! वह मानती थी प्यार के इज़हार का यह प्रमाण है। पापा सामने खड़े थे—शत-प्रतिशत। पर अनिरुद्ध पर उनकी उपस्थिति जैसे दर्ज नहीं हुई थी। लेकिन वे खड़े तो थे। अपनी उपस्थिति में भी ग़ैर-हाज़िर!

उसका हमसफ़र परिवार रिसीव करने वालों से घिरा था। उनके इर्द-गिर्द चिल्लपों मची थी। बच्चे कभी किसी की गोद में चढ़ रहे थे कभी किसी की गोद से उतर रहे थे। रिसीव करने वालों में से किसी ने बूढ़े आदमी के हाथ में कुल्हड़ वाली चाय पकड़ा दी। उसका चेहरा चमक उठा। पापा हमेशा की तरह गम्भीर बने हुए थे—अकेले ही आए हो...बस यही एक सामान, बोलकर पापा ने सूटकेस का हैंडिल पकड़ लिया। वह कुछ नहीं बोला। पापा सूटकेस खींचते आगे-आगे और वह पीछे-पीछे। दो बार ओला कैंसिल हो

चुकी थी, वह खीज रहा था। आप कैसे आए घर से, उसने फ़ोन की स्क्रीन पर नज़रें गड़ाए हुए पूछा। तिपहिये से, वे बिना मुख़ातिब हुए बोले। चलिए तब तिपहिये से ही चलते हैं, उसने एक झटके से फ़ोन को जेब में रख लिया। लाइए सूटकेस मुझे दे दीजिए, वह बोला, लेकिन उन्होंने मना कर दिया और सूटकेस खींचते चलते रहे। उन्हें पता था कि इंदिरा नगर वाली गाड़ियाँ कहाँ खड़ी होती हैं। वे चार पहिये वाले सूटकेस को बड़े आराम से सहारा दिये चलते रहे। ज़ेब्रा क्रॉसिंग को पार किया, फिर चलते-चलते उस प्वाइंट पर पहुँचे जहाँ ड्राइवरों की जमात उन दोनों पर टूट पड़ी। वे एक पल के लिए रुके, हसरत से सूटकेस को देखा, हैंडिल के पास लगी धूल को हाथ से ही साफ़ किया और धीरे से बोले, जैसे कान में बोल रहे हों—तुम चुप रहना, मैं किराये की बात कर लूँगा। उनका ऑफ़र सुनकर दो ड्राइवरों ने दूसरे मुसाफ़िरों का रुख़ किया और तीसरा जाकर किसी तरह राज़ी हुआ। जब तक ड्राइवर ने सूटकेस को उनके मन मुताबिक़ खरोंच-फ्री जगह सेट नहीं कर दिया, वह बेचैन खड़े उसको निर्देश देते रहे। फिर एक बार छूकर अपने हाथों से देखा, इत्मिनान हो जाने पर आकर अनिरुद्ध के बग़ल में बैठ गए—चार पहिये का है न, अगली बार एक मेरे लिए भी ले आना। बहुत अच्छा है! बहुत अच्छा है, दो बार कहा उन्होंने।

कुछ दूर सफ़र कर लेने के बाद पापा ने फिर से सूटकेस पर नज़र दौड़ाई, सब ठीक-ठाक था, वे बेटे से बिना आँख मिलाए बोले...मेरे लिए रंगीन फ़ोन लाए?

अनिरुद्ध समझ रहा था पापा यह सवाल अब न तब ज़रूर पूछेंगे। दो या तीन साल पहले जब उसने महँगा वाला सैमसंग मम्मी को उनके बर्थडे पर दिया था तभी से वे उसके पीछे पड़े हैं और उससे पता नहीं कैसे यह नज़रअन्दाज़ होता जा रहा है। पता नहीं इन छोटी-छोटी चीज़ों में वह कैसे पीछे रह जाता है। इसकी फ़ितरत में ऐसी लापरवाहियाँ हैं, इसमें कोई शक नहीं। फिर एकदम से उसके विचारों की तरतीब गड़बड़ा गई। अचानक तमन्ना घुस आई। लापरवाही और नज़रअन्दाज़ करने की तोहमत वह भी लगा चुकी है।

एक बार नहीं, कई बार। लेकिन पापा यहाँ कोई इलज़ाम नहीं लगा रहे हैं, उनके अन्दर स्मार्टफ़ोन रखने का शौक़ पैदा हो गया है और वे उससे बराबर कहते रहते हैं, बस। लेकिन ग़लती भी तो उन्हीं की है। एक बार उन्हें पकड़कर शोरूम ले गया तो मोबाइल का दाम सुनकर बुदबुदाते हुए बाहर निकल आए। मज़ाक़ में जब उनसे कहा जाता है कि बड्डे मनाइए बहुत से गिफ़्ट मिलेंगे, जवाब देते हैं मुझे ये सब चोचले नहीं पसन्द। जो सरकारी रजिस्टर में है वह जाली है, असली का पता नहीं। फिर कहते हैं तुम मेरे साथ भेदभाव करते हो।

वे क़रीब-क़रीब घर पहुँच गए थे—एक मिनट रोकना दूध ले लें, दूध और चाय की पत्ती। वे पीछे से ड्राइवर की पीठ पर मद्धम-सी थपकी लगाते हुए बोले। अनिरुद्ध ने उन्हें घूरा—क्यों आप चाय कब से पीने लगे! नहीं, तुम्हारे लिए, अच्छा अंडा खाओगे। वे बिना जवाब सुने उतर गए।

मम्मी नहीं रहती थीं तो ऐसा नहीं था कि घर की हालत ख़स्ता हो, उथल-पुथल मची हो, इधर का सामान उधर, उधर का सामान इधर! पूरा घर अनुशासन में था, साफ़-सुथरा, ख़ामोश।

अनिरुद्ध ने दाएँ-बाएँ देखते हुए दोनों हाथ फैलाकर तारीफ़ किया—वाह! सब कुछ कितने क़रीने से है। इतना सब कुछ सेट तो मेरे वहाँ भी नहीं है। लेकिन तुरन्त उसने अपने आपको कंट्रोल किया—मेरे वहाँ की बात और चली तो तमन्ना के बारे में पूछेंगे या मम्मी के बारे में बताना शुरू कर देंगे। नहीं, उन्हें आते ही दुखी करना ठीक नहीं।

किचेन से खटपट हो रही थी। पापा चाय बनाने और अंडे उबालने की क़वायद कर रहे होंगे। अनिरुद्ध खड़े-खड़े घर का जायज़ा ले रहा था, लेकिन मन कहीं और था। उसने इनबॉक्स चेक किया, कुछ नहीं। फिर पिंग हुआ, सुनीता ने पूछा था—रीच्ड? उसने कुछ लिखा और मोबाइल को सोफ़े पर फेंक दिया। पापा चाय और अंडा लेकर डाइनिंग टेबल पर आ गए—आओ चाय पी लो, फिर नहा धोकर आराम करना। सुमित्रा आज देर से आएगी, शायद न भी आए। चाय और अंडे के साथ उन्होंने अपने कमरे से लाकर बिस्कुट

का डिब्बा भी रख दिया—अच्छे हैं, बड़े मज़े के...चाय में डुबो के खाओ।

वह चाय पीने लगा, वे अंडा छीलने लगे, एक अपने लिए एक अनिरुद्ध के लिए। उसने कहा—वाह बड़ी अच्छी चाय बनाई आपने, मज़ा आ गया सच में। वह धीरे-धीरे सिप कर रहा था। चाय ख़त्म हो गई तो पापा ने कहा और पी लो, बची है...वे किचेन में गए, एक कप और चाय लेकर आए—अच्छी लगी? बाद में तुम्हारी मम्मी को चाय बनाकर पिलाने लगा था...चाय की बहुत शौक़ीन थी न। आपके लिए बची है कि नहीं, उसने जार से बिस्किट निकालते हुए पूछा। हाँ-हाँ कभी-कभी पी लेता हूँ...सुमित्रा अपने लिए चाय की पत्ती छुपाकर रखती है, मुझे भी थमा ही देती है। बिस्किट डुबो के खाओ, मैं तो दूध में डुबो के खाता हूँ, अच्छा लगता है। आप भी लीजिए, अनिरुद्ध ने ठहर कर कहा। पापा ने चाय में बिस्कुट डुबोकर खाना शुरू किया और अपने शर्ट की ऐसी की तैसी कर डाली। चाय ख़त्म करके अनिरुद्ध ने तौलिये से पापा की शर्ट साफ़ किया और उनके होठों के दोनों किनारे पर चिपके जूठन को अपनी उँगलियों से निकाल फेंका।

चाय जारी थी—तुम्हारा सूटकेस बहुत अच्छा है, एकदम मक्खन की तरह सड़क पर चलता है, कहकर हँसने लगे। चाहिए क्या आपको? हाँ एक स्मार्टफ़ोन और इसी तरह का सूटकेस अगली बार ले आना, वे तपाक से बोले। बोले लेकिन बोलने में बच्चों जैसी उत्सुकता और उत्कण्ठा के साथ ही उसमें महँगी वस्तुओं के प्रति बूढ़ों वाली अनासक्ति और अनिच्छा का भी भाव था—लेकिन ज़्यादा पैसे नहीं ख़र्च करना।

ठीक है मैं ले आऊँगा, दोनों चीज़ें...इस बार नहीं भूलूँगा। पापा अंडे का छिलका बीन-बीन कर प्लेट में रख रहे थे। उनकी उँगलियों की झुर्रियों को वह ग़ौर से देख रहा था। उसके अन्दर कुछ हुआ। उसने अपना हाथ उनके हाथ पर रख दिया—तबीयत कैसी रहती है आपकी...चाय नहीं पीते फिर भी शुगर निकल आया, बी.पी. की दवा टाइम पर नहीं लेते होंगे तभी बी. पी. ऊपर नीचे हो रहा है, हार्ट का भारीपन भी उसी वजह से है। चलिए इस बार आपका थारो चेकअप कराता हूँ...फुल बॉडी चेकअप। मैं ख़ुद चलूँगा डॉक्टर के पास। पापा

चुपचाप उसका चेहरा देखते बैठे थे। फिर उसे कुछ सूझा—कुछ मज़ाक़-सा—अच्छा यह बताइए, अब तो मम्मी आपको नहीं सताती हैं, अब क्यों आपका बी.पी. गड़बड़ है? वह उनकी तरफ़ मुस्कुराते हुए देखे जा रहा था। कुछ देर पापा उसी तरह कुछ गुनते बैठे रहे, फिर उनके मुँह से निकला—क्या...क्या कहा। वे उठे और अपने कमरे की ओर जाने लगे...फिर मुड़े, मुस्कुराए—जो तुम्हारी टी-शर्ट है उसी तरह की एक मेरे लिए लाना। स्टेशन पर बहुत अच्छे लग रहे थे उसमें तुम। अनिरुद्ध चुपचाप उन्हें देखता रहा।

पापा कमरे में चले गए तो ख़ामोशी ने फिर अपने डैने फैला लिये। वह अपने कमरे से निकल कर बालकनी में खड़ा हो गया। हवा काफ़ी तेज़ चल रही थी जैसे कुछ-कुछ ग़ुस्से में हो। सड़क के दोनों ओर खड़े दरख़्तों की डालियाँ हवा के ज़ोर से बलखा रही थीं। उस दिन पणजी से मापुसा जाते हुए भी हवाओं ने ऐसा ही ड्रामा किया था जब तमन्ना ने गाड़ी किनारे खड़ी की और दोनों पीछे वाली सीट पर बैठकर इनका ग़ुस्सा शान्त होने का इन्तज़ार करने लगे थे। तभी नेटवर्क को धता बताते हुए मम्मी का फ़ोन बजा था—शादी के बारे में जल्द कुछ फ़ाइनल करने के लिए कह रही थीं। देर से विवाह के ढेर सारे डिस्एडवांटेज तो हैं ही, परिवार बढ़ाने में भी समस्या आती है, बच्चे हो गए तो पालने-पोसने की उलझन दो गुना बढ़ जाती है। मज़े के लिए उसने फ़ोन को स्पीकर पर कर दिया था। तमन्ना सुन-सुन कर उसे चिकोटियाँ काट रही थी—इशारा भी कर रही थी कि वह फ़ोन को स्पीकर से हटा दे। मम्मी चालू थीं—उसी लड़की से कर लो, तुम दोनों की अंडरस्टैंडिंग है तो मुझे तो कोई इश्यू नहीं। निभाना तुमको है। अपने पापा से चाहो तो अलग से बात कर लो। बच्चों की बात पर इधर से अनिरुद्ध ने कुछ परिहास किया तो उधर से मम्मी का जवाब आया—हमारी शादी तो 20-22 में हो गई थी, तुम भी समय से आ गए थे लेकिन वह सुख नहीं मिला। हमारा स्ट्रगल चल रहा था, इनकी नौकरी मेरी पढ़ाई, तुम्हारी पढ़ाई, फिर मेरी भी नौकरी और उसके बाद तुम्हारी भी नौकरी! नौकरी 22-23 की उम्र से तो तुम भी कर रहे हो। नौकरी पर बात फँसी तो वह हँसा।...हँसो मत, शादी करो बच्चे जनो और एक हमारे पास

रख देना। पढ़ा-लिखा के वापस कर दूँगी। मम्मी फिर रुकीं...रुकी रहीं...और शायद वही बच्चा हमारे और तुम्हारे पापा के बीच एक सेतु बन जाए, पुल। माँ की आवाज़ भारी होते देख अनिरुद्ध ने ख़राब मौसम में पुअर नेटवर्क का बहाना बनाया और फ़ोन को जेब में रख लिया।

हवा थमने लगी थी। हल्की बारिश के बाद आसमान साफ़ होने लगा था, सूरज की सुस्ती दूर हो रही थी। बालकनी में खड़े-खड़े उसने ग़ौर किया कि छोटे शहरों में, और ग़ालिबन बड़े शहरों में भी होने वाली एक ज़रूरी क्रिया अचानक से सम्पन्न हो रही है। मौका पाते ही महिलाएँ, लड़कियाँ गीले कपड़ों को फिर से जुगाड़ू या रेडीमेड हैंगरों और डारों पर फैलाने खोंसने की क़वायद करने लगी हैं। रंग-बिरंगे, छोटे-बड़े, अन्दर के, बाहर के, सभी डिजाइनों में। अपनी नंगी बूची बालकनी उसे अच्छी नहीं लगी—न कोई साड़ी, न कोई पेटीकोट, न ब्लाउज़, न अंगिया, न नाइटी न कोई फैलाने और उतारने वाला! वह अन्दर चला आया।

ख़ामोशी और मायूसी की मिली-जुली गंध उसके नथुनों से गुज़रते हुए उसके अन्दर उतर गई। पापा का कमरा अधखुला था, वह गहरी नींद में थे। मद्धम खर्राटे की आवाज़ छन-छनकर ड्राइंग रूम के उस कोने तक पहुँच रही थी जहाँ बैठा-बैठा वह पापा की धोबी डायरी उलट-पलट रहा था। आज वह कपड़ों पर ही रिसर्च कर डालेगा। पहले बालकनी में और अब धोबी डायरी। उसे यह करना न जाने क्यों अच्छा लग रहा था। उस मोटी-सी डायरी को वह पहचानता था। पहले यह मम्मी की सबसे ज़रूरी रिकॉर्ड बुक हुआ करती थी। ड्राइंग रूम में ही बुक शेल्फ, जिसमें उनकी ज़रूरी किताबें थीं, और पापा के बेकार के रजिस्टर, इसी के सबसे निचले पायदान पर यह रखी होती थी। उसी से बंधी एक पेंसिल, जो एक तरफ़ से लिखती थी और एक तरफ़ से मिटाती थी। वह जितना पीछे जा सका, यहाँ तक कि जब वे लोग किराये के छोटे से मकान में रहते थे, और जब रेलवे क्वार्टर का दौर शुरू हुआ और पापा के रिटायरमेंट के बाद जब यह अपना फ्लैट लिया गया, तब से यह डायरी साथ बनी हुई थी। लेकिन वह आज पहली बार उसके पन्नों को

खोल रहा था, पलट रहा था और पढ़ रहा था। मम्मी ऊपर डेट लिखती थीं, उसके बाद कपड़ों का ज़िक्र और उनकी अदद। पहले उनके अपने कपड़े होते थे—साड़ी-3, पेटीकोट-2, ब्लाउज़-4, सूट, दुपट्टे, नाइटी, ज़रूरी हुआ तो सिल्क और सूती और उनके रंग भी इंदराज कर देती थीं। उसके बाद पापा के कपड़े, रूखे, बेरस वाले पैंट शर्ट। बनियान और अंडरवियर वे ख़ुद धोते थे और कुर्ता पैजामा शायद ही कभी पहने हों। फिर अनिरुद्ध के कपड़े। उसकी नज़र 2.9.91 वाले पेज पर थी। पहले एक से सात सीरियल में मम्मी के नाम थे, आठ नौ दस, पापा के और ग्यारह से अठारह तक अनिरुद्ध के—हाफ़ पैंट, टी-शर्ट, फुल शर्ट, स्कूल ड्रेस, बनियान, नाइट ड्रेस, उसके बाद चादर गिलाफ़ पर्दे आदि। वह पन्नों को पलटता रहा। जीवन ऐसे ही चल रहा था कि 3.7.96 पर उसकी नज़र पड़ी और धोबी लिस्ट से हाफ़ पैंट ग़ायब हो गए और उनकी जगह फुल पैंट ने ले ली। पापा ने उसे सिखा दिया था अपने अंडर गारमेंट्स ख़ुद धोया करो, तो उसके बनियान अंडरवियर अब वहाँ नहीं थे। उसे याद है कि पापा के सिखाने के बावजूद भी वह नहीं बल्कि उसके अन्दर के कपड़े मम्मी ही धो देती थीं। डायरी के पन्नों के इंदराजों में साल में एक दो बार जब जींस का ज़िक्र आने लगा तो वह ख़ुश हुआ कि अब वह बड़ा हो गया था और पढ़ने के लिए बाहर देहरादून गया था। अब लिस्ट से बचकाने कपड़े ग़ायब हो चुके थे। जब घर आता था तो मम्मी उसके कपड़े धोबी से ही धुलवाती थी। 2009 की एक लिस्ट देखकर वह चौंका। पापा की हैंडराइटिंग थी। वहाँ मम्मी के कपड़े नहीं थे। उसके बाद वह देखता गया, जनाने कपड़े उस घर की धोबी डायरी में नहीं मिले। धोबी के आने जाने में भी अब महीनों का गैप रहने लगा। बस वहाँ कभी-कभार चादरें गिलाफ़ तौलिये और पर्दे दर्ज थे। उसके आने के ठीक एक दिन पहले धोबी ने कुछ चादरें और पर्दे धोकर दिये थे और बदले में पापा ने उसे एक सौ साठ रुपये अदा किये थे और हिन्दी में लिखा था—हिसाब चुकता। वही चादरें कमरों में बिछी थीं, और वही पर्दे खिड़कियों और दरवाज़ों पर लटक रहे थे जिन्हें देखकर उसने हाथ फैलाकर एक्टिंग की थी—वाह सब कुछ कितने क़रीने से है!

तो जनाने और बचकाने कपड़ों की रंग-बिरंगी दुनिया अब उस घर से विदा ले चुकी थी। पापा की पसन्द वाले सादे, बिना प्रिंट वाले पर्दों को देखता वह सोफ़े पर बैठा रहा। ध्यान बटाने के लिए कम्प्यूटर, यूट्यूब, गूगल, फेसबुक, इंस्टा, रील्स सभी जगह गया, कहीं चैन नहीं मिला। उसके दोनों हाथों के बीच फँसी डायरी कब नीचे गिर गई और कब वह सोफ़े पर लुढ़क गया, पता ही नहीं चला। बड़े दिनों के बाद ऐसी ख़ामोशी, ऐसी तन्हाई, ऐसे सन्नाटे से भेंट हुई थी। ऐसे में मौक़ा देखकर तमन्ना आन पहुँची, मुस्कुराते हुए, अपने बेस्ट कपड़ों में—चटक रंग, यूनीक पैटर्न, रिवीलिंग टॉप, शादी की दूसरी वर्षगाँठ। मालदीव की एक रोमांटिक ख़ूबसूरत शाम—

मेन कोर्स का ऑर्डर देने के बाद अनिरुद्ध ने बात आगे बढ़ाई—

अब हमें बच्चे कर लेना चाहिए। उसने टेबल के नीचे अपने दाहिने पैर से तमन्ना की बायीं जाँघ पर दबाव बनाया।

अरे...क्या बोलते हो। वह खिलखिलाई। इतना रोमांटिक माहौल उसमें बच्चे कहाँ से आ गए। चुप।

नो!

क्यों, क्या चाहते हो!

बच्चा!!!

शट अप!

यू शट अप!

सीरियस हो?

वेटर मेनकोर्स के लिए प्लेटें सजा रहा था। अनिरुद्ध ने परवाह नहीं की।

आई एम डेड सीरियस!

वह कुछ सोचने लगी।

क्या सोच रही हो, बोलो।

बोल तो दिया।

नहीं मैं जो कह रहा हूँ वह बोलो।

नो वे। मैं जो सोच रही हूँ वह बोलूँगी।

तुम क्या सोच रही हो?

बोलूँ?

वह उसे देखने लगा। इन्तज़ार में। वह अब कुछ बोलेगी। वह बोली—इतनी ही जल्दी है, इतना ही शौक़ है तो कुत्ते-बिल्ली पाल लो। मार्केट में बड़े क्यूट-क्यूट पपीज़ और किटेन मिलते हैं।

अरे न...नहीं तुम ऐसा कैसे बोल सकती हो! हमारी शादी हुई है, दो साल हो गए, बहुत प्लानिंग कर लिए, अब फैमिली चाहिए।

मुझे फैमिली नहीं मानते?

मेरा मतलब फैमिली को कंप्लीट करना है...मम्मी, पापा, मैं, तुम और हमारे बच्चे!

वह फिर चुप हो गई। कुछ सोचने लगी। मेनकोर्स ठंडा हो रहा था। वेटर अदब से हाथ बाँधे थोड़ी दूरी बनाकर खड़ा था। बाक़ी कपल्स मस्त थे, चैट कर रहे थे, सेल्फ़ी ले रहे थे, हग कर रहे थे, किस कर रहे थे। वह बच्चे के बारे में सोच रहा था। वह कुछ और ही सोच रही थी।

बोलो।

हाँ तो मम्मी-पापा से कहो वो भी कुत्ते-बिल्ली पाल लें, तुम तो कहते हो तुम्हारी मम्मी एनीमल लवर भी हैं। मुझे अभी बहुत कुछ करना है, बच्चे मेरी लिस्ट में अभी नीचे हैं।

इस पर वह कुछ नहीं बोला। वहाँ और भी लोग थे। वह माहौल को ख़राब नहीं करना चाहता था। ट्रिप को बिना किसी खरोंच के बचा ले जाने में ही समझदारी थी। लेकिन शायद खरोंच तो लग गई थी। वह लौटकर बात करेगा, और ज़रूर करेगा। वहाँ से रिसॉर्ट लौटकर दोनों ने रात बिना बात किये बिताई। सुबह नाश्ते पर तमन्ना ने उसे अभी जल्दी क्या है से ले देकर काम, कैरियर और और अच्छी तरह सेटिल हो जाएँ तक का हवाला दिया लेकिन जो उसने बोलना था वह तो वह कल रात ही बोल चुकी थी।

अनिरुद्ध के लिए यह बड़ी मुश्किल घड़ी थी। घर लौटने के बाद दोनों असहज रहे। वीकेंड उलझन में ही बीता, लड़ते-झगड़ते, आगे पीछे की बातें,

शिकवे, शिकायतें, जो एक दूसरे से जुड़कर एक लम्बी ज्वलनशील शृंखला में बदलती गईं।

जब आप जगते हैं तो एक नया दिन होता है, नींद चाहे जितनी छोटी या लम्बी रही हो। जो कुछ लेकर सोते हैं वही लेकर अमूमन जगते नहीं। नींद के दौरान जो कुछ भी घटित हुआ था जगने पर सब दिमाग़ के स्लेट से नदारद था। पापा किचेन में थे। जब कोई पुरुष चूल्हे और सिंक से रूबरू होता है तो किचन से निकला स्वर और व्यंजन दोनों ही अपनी तरह का होता है, अलग-विलग। यह सच न भी हो तो भी अनिरुद्ध को कुछ ऐसा ही एहसास हुआ। इसका मतलब मम्मी के बाद पापा ऐसे ही काम चला रहे हैं। लेकिन उसे याद आया पिछली विजिट में तो एक दाई थी जो सफ़ाई और किचेन दोनों सँभालती थी। वह किचन की तरफ़ बढ़ा—क्या कर रहे हैं, मुझे तो कुछ ख़ास भूख नहीं, शाम को बाहर चलकर खा लेते या यहीं मँगा लेंगे। पापा का काम लगभग ख़ात्मे पर था। वे चुप चाप प्याज़ का चार फाँक करके अनिरुद्ध की तरफ़ देखे—ऐसे ही न पसन्द है तुमको...ये रहा तुम्हारा सलाद।

उनका खाना बिना किसी घटनाक्रम के पूरा हुआ। न कोई विशेष बातचीत, न कोई प्रश्न-उत्तर। खाना ख़त्म करते-करते उन्होंने सिर्फ़ इतना पूछा—तमन्ना ठीक है न, ले आते। फिर उठते-उठते बुदबुदाए—अच्छा अगली बार ज़रूर ले आना।

शाम को चुपचाप अनिरुद्ध ने चाय बनाया, फिर दोनों ने बड़ी देर तक टी.वी. देखा, बैठे-बैठे ही अनिरुद्ध ने खाना ऑर्डर किया, मेड सर्वेंट के बारे में पूछा, जिस पर पापा ने बताया आज छुट्टी पर है, कल आएगी। फिर उसने मम्मी के बारे में पूछा, कैसी हैं, आपसे बात होती है, इस पर पापा चुप रहे, फिर बोले, ख़ुद कॉल करके बात कर लेना। पापा योगा और डेली वॉक के बावजूद भी बीमार रहते थे। जाने क्यों। एक बार थारो चेकअप कराना पड़ेगा। सुबह ही उन्होंने अपना रुटीन पूरा कर लिया था। अब इन्तज़ार था कि दाई आ जाए, अनिरुद्ध जग जाए तो दिन शुरू हो। पहले नाश्ता, फिर दवा, फिर अख़बार के साथ आराम। दाई से पहले अनिरुद्ध जग गए। उनका चाय पीने

का मन तो था लेकिन बनाने का नहीं। पापा से तो क़तई नहीं बनवाना चाहते थे सो उठते ही मोबाइल में मसरूफ़ हो गए। फिर मोबाइल एक तरफ़ रख दिया। अख़बार पढ़ना कब का छोड़ दिया था, इसलिए सामने रखा सुबह का नया-नया अख़बार भी उनकी सुस्ती को ललकार न सका। चेन्नई से घर तो आ गए, लेकिन अब घर से कहाँ जाएँ। क्या ही अच्छा होता कि मम्मी या तमन्ना से कोई यहाँ होता और चाय बनाकर पेश करता। साथ में बिस्किट भी।

कॉल बेल बजी और पापा इस तरह बोले कि ख़ुद ही सुनें—आ गई सुमित्रा, खोलोगे, लेकिन वे ख़ुद ही दरवाज़े की ओर जाने लगे। अनिरुद्ध ने उन्हें बैठने के लिए इशारा किया और दरवाज़ा खोलने बढ़ गया। सुमित्रा नमस्ते भइया कहते हुए अन्दर आई और नमस्ते बाबूजी कहते हुए किचेन में घुस गई। पहले चाय टोस्ट और उबला अंडा दे दो, फिर देखते हैं। बोलकर पापा दरवाज़े की तरफ़ बढ़ गए क्योंकि फिर घंटी बजी थी—इस बार सफ़ाई वाला लड़का था। अनिरुद्ध ने महसूस किया कि सुमित्रा के आते ही जैसे घर में कुछ बदल गया था। किचन ठीक से काम करने लगा, वहाँ से तिरकर आने वाली आवाज़, सुगंध, मनभावन हो गई, साफ़-सफ़ाई चकाचक, और बाप बेटे में वार्तालाप ने गति पकड़ ली—पापा, टोस्ट तो बहुत अच्छा सिंका है, मक्खन है क्या। पापा ने आवाज़ दिया और सुमित्रा मक्खन लेकर प्रकट हो गई। चार पीस और सेंक दो...। अरे चार पीस में क्या होगा, अनिरुद्ध ने ऑब्जेक्शन किया। मैं भी खाऊँगा, ऑबजेक्शन ओवररूल्ड। पापा ने फिर आवाज़ लगाई—थोड़ा काली मिर्च भी पीस कर दे दो। चाय कल अच्छी नहीं बनी थी। जैसी तुम अपने लिए बनाती हो, भइया के लिए वैसी चाय बनाओ। अदरक इलायची डाल देना। महक यहाँ तक आनी चाहिए। वे फिस्स से हँसे।

लड़का दोनों बाथरूम साफ़ करके जा चुका था। नाश्ते के बाद सुमित्रा कमरों की सफ़ाई में लग गई। चादर सेट किया, पर्दे झाड़े, डाइनिंग टेबल साफ़ किये, आलमारी पर कपड़े फिराए, गमले ठीक किये, फिर गन्दे बर्तन साफ़ की अपने लिए चाय बनाई, पी, और हाज़िर हो गई—लंच में क्या बनाऊँ बाबूजी?

प्रतिदिन का यह विकट प्रश्न था। क्या बनाऊँ बाबूजी यहाँ भी! अनिरुद्ध

पिछले दो हफ़्ते से क्या बनाऊँ साब का जवाब देते-देते चेन्नई में परेशान था। इस प्रश्न पर सीनियर सिंह साहब रोज़ खीजते थे लेकिन आज आसान था—भइया से पूछ लो, कहकर उन्होंने अख़बार उठाया और अपने कमरे की ओर बढ़ गए।

भइया ने जो बताया सुमित्रा ने बड़े मनोयोग से पकाया। पकाने के बाद सुमित्रा ने सब कुछ करीने से टेबल पर लगा दिया। फिर वह नमस्ते बाबूजी, नमस्ते भइया करके चली गई। अनिरुद्ध को आज का दिन बहुत अच्छा लगा—आज का नाश्ता, खाना, सुमित्रा, सुमित्रा की साड़ी, उसका ब्लाउज़, उसकी चूड़ी, गले की माला, माँग में सिंदूर की हल्की बारीक रेखा, उसका जनाना स्वर। घर में फैली सादगी और सफ़ेदी में थोड़ी देर के लिए थोड़ा-सा रंग। हर तरफ़ पसरे सन्नाटे में थोड़ी देर के लिए थोड़ा-सा कोलाहल। स्थगित जीवन में थोड़ी देर के लिए थोड़ी-सी हरकत।

उसके जाने के बाद पापा दवा खाकर अख़बार के भरोसे हो जाते, कुछ लिखते-पढ़ते और फिर थोड़ी ही देर में उनके मद्धम खर्राटों से पूरी जगह भरने लगती। अनिरुद्ध कुछ देर अन्यमनस्क-सा बालकनी में खड़ा रहता, दूसरी बालकनियों में सूखते रंग-बिरंगे कपड़ों को निहारता, सड़क पर आती-जाती गाड़ियों को देखता। सामने खड़े इमली के पेड़ पर सुस्ताते परिंदों पर नज़र दौड़ाता, सब्ज़ी वाले, रद्दी वाले, बर्तन वाले हॉकरों की जानी-पहचानी दिलकश गुहार को सुनता...और तब उसे लगता कि दुनिया सही से अपनी धुरी पर घूम रही है, सब कुछ ठीक-ठाक चल रहा है...तब वह अपने कमरे में लौट आता और वह भी पापा की तर्ज़ पर मोबाइल देखते-देखते सो जाता।

और जब दुनिया अपनी नैसर्गिक गति में होती है तो सब कुछ सामान्य होने लगता है। ऑफ़िस से फ़ोन आया कि आ जाओ—हफ़्ते में तीन दिन फिज़िकल प्रेजेंस आवश्यक है।

तो अनिरुद्ध को अब कल सुबह निकलना है। पापा कुछ भारी-भारी से हैं नाश्ते पर रोज़ वाली चमक और चहक ग़ायब थी। सुबह वॉक से लौटे थे तो एक किलो बेर लेते आए थे—तमन्ना पिछली बार आई थी तो उसने

बहुत पसन्द किया था : लेते जाओ परसों तक पूरे पक जाएँगे। वह कुछ नहीं बोला—बस बेरों को टटोलता बैठा रहा। अब की बार बहू को भी ले आना... पापा कहीं और देख रहे थे। उसने हूँ किया, तब तक सुमित्रा नाश्ता लेकर आ गई थी। वह आगे नहीं बोला। वह बिना पूछे ही लंच की तैयारी में लग गई और बाप-बेटे चुपचाप नाश्ता करने लगे।

फिर वे दोनों ही अपने-अपने कमरे में सोते से रहे। घर के पोर-पोर में सन्नाटा समाया रहा। टेबल पर रखा खाना ठंडा हो गया। शाम को पापा ने अनिरुद्ध के लिए चाय बनाई, टोस्ट सेंके और दोनों ने लगभग दो घंटे टीवी के सामने बिताया। कार्यक्रम ख़त्म होने का नाम ही नहीं ले रहा था। हर पाँच मिनट के बाद दस मिनट का ऐड ब्रेक। चूँकि वे टीवी देख रहे थे, कार्यक्रम नहीं, तो बस जो कुछ भी दिखा देखते बैठे रहे। अचानक अनिरुद्ध उठा, फ़ोन लेकर आया बोला सोचता हूँ मम्मी से बात कर लूँ क्योंकि अब उनके पास जाना सम्भव नहीं। कल सुबह ही निकलना है। अरे, उसमें क्या सोचना। नहीं जा सकते तो बात तो कर ही लो। बोलकर पापा उठे और अपने कमरे में चले गए।

हैलो माँ, मुन्ना।

हाँ बेटा कैसे हो, बनारस नहीं आ पाओगे क्या? उनकी आवाज़ बनारस से भी दूर बहुत दूर से आती हुई लगी। कल ही निकलना पड़ रहा है, सोचा तो था, आपसे मिले बिना कैसे जाता, लेकिन माँ...।

हैलो माँ।

हाँ बेटा।

तो नहीं आ पा रहा, सुबह जा रहा हूँ।

ठीक है। लगा उनके गले में कुछ अटका।

मम्मी।

बोलो, सुन रही हूँ। दरअसल वे कुछ सोच रही थीं। पापा ठीक हैं। अनिरुद्ध ने गला साफ़ करते हुए कहा।

पापा ठीक हैं...मम्मी ने दुहराया।

हाँ, उन्हें कोई दिक़्क़त नहीं।

और तुम्हें?

मुझे भी नहीं, मुझे क्या...।

माँ।

हाँ बेटा।

क्यों चुप हो गई बोलो।

तुम ठीक हो न।

हाँ ठीक हूँ।

और तमन्ना।

तमन्ना चेन्नई में है।

तमन्ना ठीक है न?

... ...

... ...

मुन्ना।

हाँ माँ।

तमन्ना ठीक है न?

नहीं जानता।

माँ चुप हो गईं। वह पहेली को बूझने की कोशिश कर रही थीं।

शादी के तीन साल हो गए...कैसी बातें करते हो। लड़ाई हुई क्या?

माँ मिलेंगे तो बात करेंगे। पापा जग रहे हैं।

ठीक है। बड़े हो गए हो। समझदार भी हो। झगड़ा बढ़ाओ मत। सब कुछ सोच समझ कर किया था न।

वह चुप रहा।

हाँ मम्मी।

एक बात कहूँ।

जी कहिए।

परिवार बढ़ाओ, सब ठीक हो जाएगा। वह सब भूलकर शान्त हो जाएगी। फिर वह कुछ रुककर अपनी बात को पूरी कीं—अगर तुम लोगों के बीच

कुछ ऐसा वैसा चल रहा है तो।

वह छोटी-सी चुप्पी के बाद बोला—हम अब साथ नहीं रहते।

माँ शान्त थी। चौंकी नहीं।

कब से?

अभी पिछले महीने से।

पैच अप कर लो। मैंने रीड किया है उसको...गुस्सैल है लेकिन मन की साफ़ है। शुरू-शुरू में ऐसा होता है।

नहीं माँ, साथ रह पाना मुश्किल लग रहा है, हर बात को बढ़ा देती है। फ़ोन पर क्या-क्या बताऊँ।

माँ चुप रहीं।

कहती है हमें बच्चे नहीं करना, कुत्ते-बिल्ली पाल लो।

माँ फिर से चुप रहीं।

उसे परिवार नहीं पसन्द, न आप लोग, न बच्चे।

क्यों?

वही जाने।

तुमने जानने की कोशिश की?

माँ!

हाँ, तुमने कोशिश की?

कहती है अपने मम्मी-पापा से कह दो वो भी मार्केट से पपीज़ और किटेन लेकर पाल लें। मुझे बच्चे नहीं करने, आगे कुछ सालों तक तो बिलकुल नहीं।

ठीक है...अगर वह ऐसा सोचती है तो यह उसकी सोच है। आख़िर बच्चे तो उसे ही पैदा करने हैं, तुम तो नहीं कर सकते। वह हँसने लगीं।

क्या बोलती हो मम्मी। वह झल्लाया। हाँ जो चीज़ उसके बस में है, उसमें तुम लड़कर क्या कर सकते हो?

तो मैं उसके पैर पड़ूँ?

तब भी नहीं मानेगी। वह फिर हँस पड़ीं। उसकी प्राथमिकता कुछ और होगी।

तो उसने शादी क्यों की?

ज़्यादा डिटेल में मत जाओ। शादी, पति, बच्चे इन्तज़ार कर सकते हैं या, सच कहूँ बेटा, ये तीनों चीज़ें एक औरत कभी भी पा सकती है, एक के बदले दूसरा पा सकती है, हासिल कर सकती है।

वह चुप सुन रहा था। फ़ोन की लाइन चालू थी। लेकिन जो वह अभी पाना चाहती होगी, उसके लिए देर हो जाने का ख़तरा होगा।

और बोलिए। अनिरुद्ध का स्वर थोड़ा-सा कसैला हो गया था।

हाँ तुम चाहते हो तो मैं ज़रूर बोलूँगी। जहाँ तक कुत्ते-बिल्ली का सवाल है, उसके सहारे तो मैं पहले से हूँ। तमन्ना ने ग़लत नहीं कहा, जब सब कुछ छोड़कर वह तुम्हारे साथ आई तो गूँगी गुड़िया न समझो।

हाँ जब तुम पढ़ने चले गए, फिर नौकरी करने लगे, फिर अपनी ख़ुशी से शादी कर ली तुम्हारा आना-जाना न के बराबर हो गया, पापा तुम्हारे अपनी धुन में थे, तो इस ज़िन्दगी में एक अलग रास्ता मैंने चुना। और फिर मेरे जीवन में इनसानों की कमी जानवरों और पेड़ पौधों ने पूरा किया। इन्हें कमतर न आँको।

माँ तुम इतनी फ़िलॉस्फ़र न बनो।

नहीं बेटा, फ़िलॉस्फ़ी में कोई ख़राबी नहीं होती। पुरानी की जगह नई फ़िलॉस्फ़ी आती रहती है।

फिर दोनों तरफ़ चुप्पी छा गई। फ़ोन ऑन था लेकिन बात न आ रही थी न जा रही थी। अनिरुद्ध सिंह फ़ोन हाथ में लिये सोचते बैठे रहे। उस तरफ़ श्रीमती शैलजा सिंह भी एक हाथ में फ़ोन पकड़े और दूसरे हाथ से छोटू डॉगी को सहलाते बैठी थीं। सामने सोफ़े पर उनका दूसरा पपी अपनी साथी परसियन कैट से उलझा पड़ा था।

उसने पापा के कमरे में झाँका। वे सोते जैसा लग रहे थे। दोनों हाथ सीने पर—हाथों में फँसा हुआ एक काग़ज़ का टुकड़ा। शायद एक अधलिखी चिट्ठी। शायद मम्मी को लिखा हो। वह झुका, चिट्ठी को बड़े आहिस्ता से उनके हाथों से मुक्त कर लिया। मम्मी को नहीं, बड़े पापा को लिखा था। भइया प्रणाम। फिर दस्तूरी डिटेल्स और अन्त में—मुन्ना बहुत दिनों बाद घर आए हैं। अकेले। बुझे-बुझे से हैं। लगता है किसी बात पर उद्विग्न और उदास

हैं। कल जा रहे हैं...वह आगे नहीं पढ़ा, चिट्ठी को बड़े हौले से उनके सीने पर वापस रखकर बाहर आ गया।

उसने पैकिंग रात में ही कर ली थी। सुबह-सुबह उठकर चलने को हुआ तो पापा ने एयरपोर्ट तक चलने की ज़िद की। उसने मना कर दिया—आप बैठिए, आपके वॉक और योगा का समय है। दवा समय से लेते रहिएगा, अपना ख़याल रखिएगा। जाते समय उन्होंने भी वही राग अलापा—परिवार बढ़ाओ बेटा, अगली बार अकेले मत आना। और ये लो, तुम लोग कुछ ख़रीद लेना। एक लिफ़ाफ़ा था। पिछले महीने की पेंशन!

वह पापा के गले लगा, उनकी पीठ थपथपाया और गेट से बाहर निकल आया। पापा बालकनी में खड़े होकर उसे जाते देखते रहे, तब तक जब तक कि वह ओझल न हो गया। फिर धीरे-धीरे वे अन्दर आए। डाइनिंग टेबल पर नज़र गई तो पाया बेर का झोला उसी तरह वहाँ रखा हुआ है।

गेट इंट्री, लगेज स्कैनिंग, बोर्डिंग पास, सेक्युरिटी चेक पूरा होने के बाद इत्मिनान की साँस ली। अब एक कॉफ़ी तो बनती ही थी। कॉफ़ी ने उसे तरोताज़ा कर दिया। पिछले एक हफ़्ते पास रहा। उसे अच्छा लगा। पापा को भी ज़रूर अच्छा लगा होगा। पापा भी! उनकी स्मार्ट फ़ोन बाली ड्यूज लिस्ट में अब चार पहिये वाला सूटकेस भी जुड़ गया है।...हाँ वो वाली टी-शर्ट भी। और एक चीज़ और...उनका फुल बॉडी चेकअप! इसे तो वह भूल ही गया था।

ओके पापा, अबकी बार...अबकी बार श्योर।

मृत्युदंड

बहुत सोच-विचार के बाद उन्होंने रात में बड़ी मशक़्क़त से ख़ुद अपने हाथों से साइनबोर्ड बनाया और बेटे की मदद से गुमटी के माथे पर टाँग दिया—न्यू बॉम्बे हेयर कटिंग सैलून।

नोट : बड़े के साथ एक बच्चे की फ़्री कटिंग।

ग्राहक इससे भी न बने, न बढ़े।

वह एक संजीदा और सम्भ्रान्त क़िस्म के नाई थे—जात से, पाँत से, बात से, बनावट से, मुखड़े से, कपड़े से और काम से। लेकिन नाम से नहीं—नाम था अब्दुल। उसी चन्द्रपुर बाज़ार के किनारे थोड़ा हटकर अन्दर उन लोगों का टोला था। वहीं पैदा हुए थे, वहीं एक दिन मर जाने के लिए शान से जी रहे थे। इस तरह से जीने में कोई ख़लल न पड़े, इसलिए अपने काम से काम रखते थे।

उनके टोले से कुछ लोग पहले ही पाकिस्तान जा बसे थे और जब कभी उनसे राब्ता क़ायम होता तो वे बताते कि कराची और रावलपिंडी में उनकी तूती बोलती है। यहाँ के लोग यक़ीन कर लेते, लेकिन अब्दुल हँसते। पाकिस्तान तो मुसलमानों से भरा हुआ है, ख़ाली मुसलमानों से, इन्हें अच्छा कैसे लगता है वहाँ, तूती-फूती तो गई भाड़ में।

उनके टोले से बाक़ी नाई बम्बई, पूना, कलकत्ता, सऊदी, दुबई, कुवैत

की राह पकड़े तो भी वे उसी चन्द्रपुर बाज़ार के वासी बने रहे। उन्हें कोई शिकायत नहीं थी—न ख़ुद से न ख़ुदा से। दाल-रोटी चल रही थी, बाल-बच्चे पल रहे थे, मोहल्ला टोला आबाद था, तो अब अधेड़ी में कहाँ भागे फिरें। दरअसल वे बाहर कभी निकले ही नहीं, अपनी हद से। होते हैं न ऐसे लोग। ऐसे ही थे वो।

संजीदगी से जी रहे थे, लेकिन हँसी-मज़ाक़ से परहेज़ हो, ऐसा नहीं था। बहुत लोग, ठाकुर बाभन भी उनके टपरे में ख़ाली इसलिए डेरा जमाए रहते थे कि उन्हें पूरी गम्भीरता से हँसाने में महारत हासिल थी। मतलब कि बात कहने के बाद अपने चेहरे पर एक शिकन नहीं, लेकिन सामने वाला हँस-हँस कर बेहाल, लोट-पोट। घर में टीवी था, हिन्दी अख़बार के शौक़ीन थे, इसलिए अपडेट भी रहते थे। एक बार राम उमेद बाबू को उन्होंने आम खाने के लिए अपने घर बुलाया। जब राम उमेद बाबू ने कहा, ठीक है आऊँगा तो उन्होंने पट से पूछा—ये बताइए आम कैसे खाइएगा, काट के कि चूस के। राम उमेद बाबू को समझते देर न लगी और हँसते-हँसते उनका बुरा हाल, पर वह भी कम न थे, बोले न काट के न चूस के, बस जूस बनवा देना, फ़क़ीर आदमी हूँ पी लूँगा।

चौथी तक ही गए थे, लेकिन बेसिक अंग्रेज़ी, हिन्दी और उर्दू से ठीक-ठाक वाक़फ़ियत थी। छोटे-छोटे ट्रिकी अंग्रेज़ी के ट्रांसलेशन और बुझौलिया के उस्ताद थे।

बच्चों के लिए अलग और बड़ों के लिए अलग सवालों का ख़ज़ाना था उनके पास। ग्राहक थोड़ा-मोड़ा बातचीत करने वाला हुआ तो उस्तरा चलाते-चलाते ठोक देते—अच्छा ये बताइए उस्तरा बड़ा कि स्ली? मूड़ बड़ा कि गोड़? और तो और नाम बड़ा कि काम? अति उत्साही लोग जवाब देते, अलग-अलग, बात खिंचती, मज़ा आता, वे जाते, दोबारा फिर आते।

जितनी देर बच्चों का बंगला कट काटते, कथा-कहानी, चुटकुला सुनाते रहते। जैसे ही सिर पर चम्पी शुरू करते, बात और हाथ से हँसा-हँसाकर लोट-पोट कर देते। लेकिन एक बात थी, ग़ैर-मुनासिब बात कभी न करते, न

बच्चों से न बड़ों से। सिर छूने से ही गुदगुदी लगने लगती नौनिहालों को। वे बच्चे वहीं आते, बार-बार आते। भितरघात से परेशान बड़े लोग उनके पास आराम पाते, फिर उठते-उठते उन्हें याद आता या अब्दुल नाई ख़ुद याद दिला देते—दाढ़ी बढ़ गई है भइया और आज दिन भी सही है, कहिए तो उतार दूँ। फेरवा लीजिए उस्तरा और कैंची। लोग कहते हुनर जानता है बन्दा ग्राहक पटाने की और बनाने की, हालाँकि उनकी यह मौखिक कला आगे चलकर पैसे, नये फ़ैशन और मार्केट की चमक-दमक के आगे नाकाफ़ी साबित हुई और उनकी असल परेशानी का सबब बनी।

लोग न-नुकर करते-करते फेनदार साबुन, डिटॉल, फिटकरी, तेल और ख़ुशबूदार पानी के महक के मोहपाश में बँध ही जाते। फिर सिर और मुँह पर पानी का स्प्रे, एक बार नहीं, कम-से-कम तीन बार और फिर सिर पर वह जादुई उँगलियों की लय-ताल। और एकदम अन्त में तबला वादन—चटाक-चटाक-चटाक, चट-चट-चट। और फिर एक झटके में सफ़ेद पतली लम्बी गन्दी कंघी आपके हाथ में—हो गया, झाड़ लीजिए।

राम उमेद बाबू जगते हुए बोले, आँख लग गई थी हो अब्दुल, जल्दी कंघी पकड़ा दिये—तनी और...तनी और। धेलवा द न। अब्दुल फिर शुरू। वे कभी 'न' नहीं करते। किसी को भी और राम उमेद बाबू की तो बात ही अलग थी।

उमेद बाबू क्षेत्र के बड़मनई थे। तपे-तपाए ब्राह्मण। लोग उन्हें महराज भी कहते थे। पहले स्वयं मुखिया थे, फिर महिला सीट घोषित होने पर मुखिया पति हो गए और फिर बेटा बना तो भी ख़ुद ही मुखिया रहे, क्योंकि बेटा पूना से कभी-कभी ही आता था। क्या नहीं था घर में, लेकिन साइकिल से चलते थे। धोती-कुर्ता का पहनावा, उस पर पतले चमड़े का बीच से कटा काला जूता और गले में साफ़-सुथरा गमछा और कभी-कभी सदरी। कम बोलते थे, लेकिन लोग उनकी सुनते थे। बाज़ार आते तो साइकिल अब्दुल के पटरे से सटा के खड़ी कर देते, जयशंकर की दुकान का पान खाते, सौदा-सुलुफ़ ख़रीदते, फल-फ्रूट, सब्ज़ी, दवा-दारू भी, फिर लोगों से सलाम-बन्दगी,

जयराम-पैलगी करते, बतियाते, फिर लौटकर अब्दुल मियाँ के साथ बैठकी। यही उनका अड्डा था, यही उनका रूटीन था।

आज बाल दाढ़ी बनवाने के बाद अब्दुल उनका सिर दबा रहे थे, इसके बाद पीठ पर मीठे-मीठे मुक्कों की फुलझड़ी, फिर दोनों हाथों को एक-एक करके अपने कन्धे पर टेक कर मरोड़ना, फिर गरदन और उँगलियों की तोड़-फोड़, फिर कंघी हाथ में पकड़ा देंगे।

लेकिन उमेद बाबू ने अभी कंघी थामी नहीं। ऊँघते-ऊँघते बोले—तनी काँख नाक कान का जंगल भी साफ़ कर दीजिए।

अब्दुल जुट गए। राम उमेद बाबू आँख बन्द किये रेडियो पर बजते गीत का आनन्द ले रहे थे—तुम अगर साथ देने का...।

किसी को उनसे मिलना होता तो बस अब्दुल की दुकान पर नज़र दौड़ा लेता। साइकिल बता देती कि वे बाज़ार आए हैं कि नहीं। ये उनकी अब्दुल से दोस्ती या मित्रता थी, कह नहीं सकते। हाँ, जो दिखाई पड़ता था वह था दोस्ताना सम्बन्ध, मानवीय रसायनशास्त्र का कमाल। दोनों गाँव के स्कूल में एक साथ पढ़े थे। अब्दुल कक्षा चार से आगे नहीं गए, राम उमेद मिडिल तक गए। अब्दुल की स्मृति में राम उमेद बाबू से ज़्यादा उनके पिता रामचन्दर बाबू कुछ इस तरह बसे थे—रात का समय, उनके अब्बा के साथ वे चुपके से घर आते हैं, अन्दर वाली कोठरी में बैठाए जाते हैं, मिट्टी के बर्तन में खाना परोसा जाता है—कलिया, यानी खसी का गोश्त। खुसर-फुसर के बीच खाकर वे चुपचाप निकल जाते हैं।

हँसी-मज़ाक़ के दौर में जब उन्होंने इस भेद को खोला तो महराज ने कहा, मन तो हमारा भी है, देखें इसमें क्या स्वाद होता है। और एक दिन वह भी पूरा हुआ और फिर साल में एक-दो बार वे अपनी जिह्वा की मुराद पूरी कर ही देते। अब्दुल मियाँ ज़िन्दाबाद! लेकिन इधर सन् 2014 से उन्होंने कंठी धारण कर ली थी।

एक बात बताएँ अब्दुल मियाँ, वे कुर्ता झाड़ते हुए उठ खड़े हुए। हाँ महराज, अब्दुल उनकी ओर देखने लगे। पिछले दिनों संजय के पास पूना गए थे। बस एक दिन वह पीछे पड़ गया, चलिए सैलून में बाल कटवा देंगे, कुछ अपने ऊपर भी हम लोगों से ख़र्च करवाइए, चलिए देखिए कितना आराम मिलता है वहाँ! वो ले गया हमको एक हेयर कटिंग सैलून में पैसा तो जो लगा सो लगा, बस हम कहे कि भाई ज़रा चम्पी कर दो, ज़रा साइड के बाल, नाक और कान के बाल साफ़ कर दो—तो भाई वह तो नाराज़ हो गया, कहने लगा साहेब, हेडमसाज का चार सौ पचास रुपये लगेंगे अलग से, दो बार सिर पे ठोका, फिर हाथ रोक लिया। बोला, क्या? कर दें? उसके छूते ही सिर का दर्द बे-कंट्रोल हो गया, लेकिन उसका हाथ तो चल ही नहीं रहा था। हमने कहा, भाई चार सौ पचास तो बहुत हुए, पचास ले लो। उसने मुँह बना लिया, मोल-भाव थोड़े ही होता है साहब...और हाँ, साइड-फाइड का बाल तो आप कुछ भी दे डालिए, हम छुएँगे भी नहीं।

अब्दुल ग़ौर से सुन रहे थे—तो फिर?

तो फिर क्या, चले आए, संजय बाबू ने पैसा तो उसके हाथ में रख भी दिया था, लेकिन मैंने मना किया—बस दाढ़ी-मूँछ का दे दो, सिर के दर्द के लिए अब्दुल है न, गाँव जाकर करवा लेंगे। वह भलभला के हँसने लगे। अब्दुल मियाँ कृतज्ञता के भाव से दब से गए।

एक बात कहूँ? उमेद बाबू ने अब्दुल के कन्धे पर हाथ रखते हुए कहा।

का उमेद बाबू!

दाम बढ़ा दो। देखो काम उससे अच्छा कर रहे हो, मुफ़्त में शरीर की मालिश, शरीर की सफ़ाई, सब कुछ कर देते हो। रेट बढ़ा दो, लेकिन हाँ, दुकान भी सजा लो, तभी न लोग आएँगे। समय बदल गया है।

दुकान सजा लो पर अब्दुल बोल नहीं सके। हाँ-हूँ भी मुँह से नहीं निकला। अब इसको दुकान क्या कहेंगे। दुकान की शुरुआत तो ईंट पर बैठाकर काम करने से हुई थी। बुलाने पर घर भी जाते थे, वहाँ चारपाई पर बैठकर सेवा देते थे। सालों-साल ईंट और चारपाई से काम चला, फिर आई कुर्सी। आम

की लकड़ी की, बिना पेंट-पॉलिस के, एकदम नंगी, हिलती-डुलती। समय के साथ कुर्सी के दायें पाँव से दहेज वाला मर्फी रेडियो टँग गया जुगाड़ बनाकर, सामने एक शीशा। यही उनका सैलून था।

कल घर चले आइए, संजय बाबू आए हैं, परिवार के साथ। आइए पोता से भी मिल लीजिए।

संजय बाबू का नाम सुनकर अब्दुल का मन ख़ुश हो गया। गोद में खिलाए हैं संजय बाबू को। जनम के पहले से जानते हैं उनको।

अब्दुल मुस्कराए, कटिंग करना है?

कटिंग भी, लेकिन आपको कुछ खिलाएँगे।

अरे महराज, आप ही का तो खा रहे हैं...आएँगे-आएँगे...कल दुकान खोलने से पहले हाज़िर हो जाएँगे। फिर वे रुके, झुके और कटे बालों को बुहारने लगे।

चलें, कहते हुए राम उमेद बाबू ने हाथ बढ़ाया। मिलाने के लिए नहीं, बल्कि सब्ज़ी से भरा झोला पकड़ने के लिए, जिसे अब्दुल नाई अपनी दुकान से उठाकर उनकी ओर बढ़ा रहे थे।

शाम को दुकान बढ़ाकर अब्दुल मियाँ जब घर पहुँचे तो पत्नी ने उलाहना दिया—आज भी नहीं बात किये होंगे। जानती हूँ, कहेंगे आज तो महराज बाज़ार ही नहीं आए थे, और आए थे तो दुकान पर बैठे नहीं, मौक़ा नहीं मिला कि कुछ बात कर पाते, काम की भीड़ भी थी। काम की भीड़? कौन अब आपसे काम करवाता है जी, वही जिनके पास सैलून में जाने की क़ूवत नहीं। दिखाइए क्या कमाए हैं दिन-भर में आज?

अब्दुल गुमटी की चाबी ताख पर रखते हुए अपनी पत्नी को घूरे और कुर्ता उतारने लगे।

कब से कह रही हूँ कि महराज से मिलिए घर जाकर, कहिए अपनी बात, माँगिए अपना इनाम। दो पुश्तों से सेवा कर रहे हैं उस परिवार की आप लोग।

अब्दुल मियाँ खड़े रहे, ध्यान नहीं दिया, वे कुछ और ही सोच रहे थे। सोच रहे थे चारपाई पर मिर्चा न सूख रहा होता तो वे अब तक चुपचाप आँख बन्द करके लेट गए होते। चिल्लाने वाले चिल्लाते रहते। इनकी तो आदत है घर लौटते ही जब तक दो-चार बेमतलब की खरी-खोटी सुना न लेंगी, चैन कहाँ!

सुनिए-सुनिए, वे और नज़दीक चली आईं, ज़िन्दगी-भर आप लोग यहीं गँवई बाज़ार में सड़ा लिए अपने आपको। पहले हमारे ससुर, वह भी एक नम्बर के...। वह 'बेवक़ूफ़ थे' कहते-कहते रुक गईं। अब्दुल जानते थे वह सीमा नहीं लाँघती हैं। जो कहना होता है उन्हें ही कहती हैं। वह भी ठाकुरों, पंडितों की सेवा करते रहे और उनके बाद आप। न देस गए न परदेस। तो अब जाइए, कहिए अपनी बात। नहीं तो गाँव के बाज़ार से भी उड़ जाइएगा।

कोई जवाब न मिलता देख उनका पारा ख़ुद-ब-ख़ुद नीचे आने लगा। इसी के साथ दिमाग़ भी सही से काम करने लगा—अब देखिए, रफ़ीक़ अली के बेटे की उमर क्या है, लेकिन दिमाग़ बाप से भी तेज़। कलकत्ता से लौटकर क्या चमकदार दुकान खोला है, एकदम सैलून। उसी से दस क़दम दूर राम परसाद, ठाकुर हैं जातके, अरे राजपूत हैं राजपूत, नाऊ बन गए हैं, लाखों लगा दिये सैलून बनाने में, लोग वहाँ जाएँगे कि आपके यहाँ, जिसके पास तीन टाँग की कुर्सी और बाबा आदम के ज़माने के उस्तरा के अलावा है ही क्या! ख़ाली सिर दबाने और नाख़ून काटने से ग्राहक नहीं आते। फ़ायदा है, माँग है तभी तो ग़ैर जात वाले भी लाखों लाख लगा दे रहे हैं। नौजवान सब आपकी तरफ़ ताकेगा भी नहीं, वहीं जाएगा। सबको चाहिए नया-नया इस्टाइल और चमक-दमक। और आराम। हम कहते हैं, अपनी बात कहने में आख़िर क्या शरम! आप कुछ करिए तो हम अपना गहना-गुरिया भी लगा दें...नहीं तो हाँ, हम फिर कहेंगे वही बात कि खतम हो जाइएगा, पता भी न चलेगा।

ठीक है कल जाएँगे, इनाम माँगने अपना।

बोलकर वे वहीं चौखट पर बैठ गए—देखिए अब हमको थोड़ा आराम कर लेने दीजिए। और सुनिए—हम पूना, बम्बई वाले न कभी थे, न हो सकते

हैं, लेकिन हाँ हम कल जाएँगे। ई मिर्चा उठाकर रख दीजिए। आराम तो कर लें। आपकी नमाज़ का टैम भी हो गया है।

नमाज़ तो हम पढ़ ही लेंगे, लेकिन आप भी कुछ नया सीख लीजिए, नई इस्टाइल की कटिंग, नई-नई बाल की डिज़ाइन, जैसे आजकल के लड़के पसन्द करते हैं, जैसे फिलिम और सीरियल में दिखाते हैं, नहीं तो कोई न पूछेगा आपको।

अब्दुल को मिर्ची लग गई। साक्षात् लाल मिर्च चारपाई पर थी और सामने ढीले-ढाले सलवार कुर्ते में भी। बोले, हम सब जानते हैं, सब सीखे हुए हैं, जितने सैलून वाले हैं, सुन रही हो न, सबके बाप हैं हम। हाथ में कैंची पकड़ने की तमीज़ नहीं, सैलून सजा के बैठ गए। ग्राहक को बेवक़ूफ़ बना रहे हैं चमक-दमक से। और हाँ, नकली तेल, पाउडर, क्रीम से। ऊपर से काम पूरा होने के बाद हम बिना कहे सिर से लेकर पीठ तक ठोक-बजा भी देते हैं। जितनी देर हमारा हाथ चलता है, ग्राहक की आँख नहीं खुलती है। नशे में चूर बैठा रहता है। चार पैसा बढ़ा के देता है। तुम क्या समझो, जितनी अकल उतना ही तो बोलोगी।

अकल? बस ख़ुश रहो चार पैसे में। अरे टैम को पहचानो, जुगत करो कि ग्राहक बढ़ें और ग्राहक काम से नहीं, नाम से बढ़ेंगे, दिखावा से बढ़ेंगे। बच्चे को आगे तक पढ़ाना-लिखाना है कि वह भी यही कैंची उस्तरा चलाएगा?

तो इसमें बुराई क्या है?

अब तुमसे कौन झक लड़ाए! वहीं अपनी दुकान के बग़ल में देखो, रहमान का बेटा एक कटिंग का सौ-सौ रुपये इसी चन्द्रपुर मार्केट में लेता है और लाइन लगी रहती है। और एक आप हैं!

रेशमा जी, इसका मतलब है अपने बेटे को भी इसी लाइन में लाएँ जब इसमें इतना पैसा है?

रेशमा ने हाथ ऊपर उठाया, लेकिन बिना नचाए बोलीं, पैसा तो बहुत है, लेकिन उसको निकलवाने के लिए समझ होनी चाहिए। बेटे को लाने में क्या बुराई है, लेकिन पहले पढ़-लिख ले।

यानी पढ़-लिखकर नाई बनेगा।

हाँ, लेकिन आपकी और आपके अब्बा की तरह नहीं। अब आप-जैसे लोगों की चन्द्रपुर मार्केट में न क़दर है न ज़रूरत है। कोई पूछनेवाला नहीं आपको। मक्खी मारिए बस।

तब क्या बनेगा? उन्होंने चुटकी ली।

वह बनेगा, लेकिन दस कारीगर उसके नीचे रहेंगे। उन्हें झक सवार हो गया था। बोले ही जा रही थीं—बस आप जाइए, महराज से अपना इनाम माँगिए। बहुत सेवा किये हैं आप और आपके अब्बा उस परिवार की।

वे चारपाई पर लेटे थे, उठ बैठे। कुर्ते को सिर से उतारने लगे। उतारने के क्रम में ऊपर वाली जेब से रेजगारी और दस-बीस-पचास के गुत्थमगुत्था पुराने नोट सरसराकर नीचे गिर गए। रेशमा की नज़र पैसों पर पड़ी और वे बिफर पड़ीं—बस यही है न आज की कमाई! दिन-भर लोगों की ख़ूबसूरती में इज़ाफ़ा करिए, उनको पानी का फ़व्वारा दीजिए, चेहरे पर फिटकरी मलिए, कान-नाक-काँख का बाल साफ़ करिए, उनकी गन्दगी हटाइए, सिर और पीठ का दर्द दूर करिए, हँस-हँस कर उनसे दुनिया-जहान की बातें कीजिए और कमाई के नाम पर यही चिल्लर! अरे चन्द्रपुर वालों को यह सब नहीं चाहिए। अब सब लोग दिखावे के पीछे भाग रहे हैं। हम लोगों के बारे में भी सोचिए, ज़िन्दगी ऐसे ही चलेगी क्या?

वे पैसों को मुट्ठी में दबाए न जाने क्या ताकते-गुनते बैठे रहे। शायद सोच रहे थे, कह तो सही ही रही हैं ये। लेकिन नहीं, ये औरत क्या समझेगी कि पैसे के साथ इज़्ज़त भी तो कमाए, लोगों का प्यार और स्नेह भी तो मिला। मेहनत गई तो ख़ुशी आई, चार पैसा अलग से। बेवतन होने से बचे, अपने दरवाज़े दाल-रोटी नसीब होती रही, किसी ने कभी तू-तड़ाक नहीं किया, अपनी ख़ुद्दारी और ख़ुदमुख़्तारी बनी रही। राम उमेद बाबू जैसे लोग दोस्त कहते हैं। बाज़ार में दस दुकान के मालिक तो वे ख़ुद हैं, लेकिन बैठते हैं अब्दुल नाऊ की गुमटी में। और क्या चाहिए!

बहुत कुछ चाहिए। आपको नहीं, हमको चाहिए। हम काहे किसी से पीछे

रहें। महराज की दस दुकानें हैं तो एक माँग लीजिए, यही तो हम कह रहे हैं कब से। कहिए कि हम अपना सैलून बनाएँगे, जेंट्स-लेडीज दोनों। आप नहीं तो हम जाएँगे उनके नज़दीक!

आप क्या कर लेंगी, वे घूरने लगे।

जो आप नहीं कर सकते! ग़ुस्से में लाल। गोरा रंग, उस पर पसरा लाल ख़ून!

हम नहीं कर सकते, मतलब?

मतलब यह कि हम भी कटिंग और मेकअप सीखेंगे और आपको भी सिखाएँगे। बचे रहना है तो करना ही पड़ेगा। वे निरुत्तर, खिसियाए बीवी को देखने लगे। वे भी आँखों में आँखें मिला देखती रहीं। पलक झपकी तो अब्दुल की।

हुँह! उन्होंने गरदन दूसरी तरफ़ मोड़ ली—पागल औरत!

उन्होंने कहा होगा, लेकिन बीवी ने नहीं सुना, क्योंकि सुना होता तो वे इसके बाद वह सब न बोलतीं जो उन्होंने बोला—तल्खी पूरी तरह से नदारद थी।

देखिए अनवारुल के अब्बा, मैं कोई आपकी दुश्मन नहीं। बस मैं चाहती हूँ हमारी ज़िन्दगी थोड़ी और बेहतर हो जाए। आपकी आमदनी घट रही है, क्यों नहीं आते ग्राहक आपके यहाँ? आप इतने पुराने हैं बाज़ार में। हाथ साफ़ है, काम साफ़ है, दाम हाफ़ है, फिर भी...।

क्यों नहीं आते, आप ही बोलिए?

क्योंकि रहमान और रफ़ीक़ के बेटे आपसे ज़्यादा चतुर हैं, राम परसाद भी। ये लोगों के टेंट से पैसा निकलवाना जानते हैं। महराज से मिलकर एक पक्की दुकान माँग लीजिए। किराया हम देंगे। बस बाज़ार के रेट से न लें। ख़ाली दोस्ती से पेट भरेगा क्या!

वे सोचने लगे। वैसे तो महराज ने ख़ुद ही संजय बाबू और पोते से मिलने के लिए बुलाया है और वे जाएँगे भी सवेरे। ठीक! उन्होंने निश्चय कर लिया। आज तो वह समझा भी रहे थे कि पूना में सैलून वाले कैसे लूटते हैं! मुझे रेट बढ़ा देना चाहिए।

लेकिन राम उमेद बाबू से अपने रिश्ते को लेकर वे हमेशा कंफ़्यूज़ रहते थे। दोस्ती है कि क्या है। बचपन से उनको देख रहे हैं, साथ हैं, पर्व-त्योहार

में आना-जाना है, मौक़े-मौक़े खाना-पीना भी, लेकिन कहाँ है ओर-छोर इस भैय्यारी का। ये पहेली उलझी हुई है। पेंच सुलझते-सुलझते फिर उलझ जाता है। उन्हें नींद आने लगी। नींद आई तो सपना आया। सपने में अब्दुल जवान बनकर आए। होली के दिन महराज के दरवाज़े जोगीरा गा रहे थे, फिर पंडिताइन आईं। उनकी दोनों बेटियाँ साथ लगीं। केले के पत्ते पर मालपुआ, गुझिया और शीशे के गिलास में पानी आया। अब्दुल खा चुके तो पंडिताइन बोलीं—अब्दुल मियाँ, आप लोगों का मोहर्रम आ रहा है। ये लीजिए पैसा। फिर जैसे फ़रियाद करने लगीं—एक मन्नत की ताज़िया हमारी ओर से चढ़वा दीजिएगा। इमाम हुसैन की किरपा से इन दोनों को एक भाई मिल जाए। बस यही कहना है। यही कामना है। मनौती पूरी हो जाए तो उतारने चलेंगे चौक पर। कोई कुछ कहे।

और हमें क्या मिलेगा, वे मज़ाक़ किये।

जो चाहिएगा अब्दुल मियाँ, बस यही एक दुख दूर हो जाए। जो माँगिएगा...हाँ।

पंडिताइन का दुःख दूर होने में पाँच वर्ष का समय लगा, लेकिन हुआ। महराज के पिता रामचन्दर बाबू ज़िन्दा थे। छट्ठी का ऐसा भोज, ऐसा जलसा पूरे पवस्त में किसी ने न देखा था, न सुना था। अगले साल मोहर्रम आया तो पंडिताइन चुपके से अब्दुल की पत्नी के साथ जाकर चौक पर मन्नत भी उतार आईं, लेकिन अब्दुल का नेग रह गया। पंडिताइन भूल गईं और आज तक भूली हुई हैं। अब्दुल नाई सोए हुए हैं। एक-एक कर रील चल रही है। वे फिर से महराज और पंडिताइन के सामने खड़े हैं और याद दिला रहे हैं कि अब तो पोता भी हो गया, उनका नेग, उनका इनाम, उनका हक़ कब मिलेगा। दोनों एक स्वर से बोले—कहिए क्या चाहते हैं अब्दुल मियाँ, कह डालिए, हमारे बस में होगा तो आपकी बात ख़ाली नहीं जाएगी।

तीस बरस हो गए इन्तज़ार करते-करते, अब तो ब्याज भी बहुत हो गया है, जोड़ के दे दीजिए। कहकर वे हँसने लगे। सोते में तो पहले कभी नहीं हँसे थे अब्दुल। पत्नी चौंकी, मुड़कर देखी, लेकिन अब्दुल फिर सो गए थे। वह

कुछ समझ नहीं पाईं, फिर अपने काम में मशगूल हो गईं। नींद में बात फिर शुरू। बोलिए, क्या चाहते हैं अब्दुल मियाँ, माँगिए। एक छोटी-सी फ़रियाद है राम उमेद बाबू, उसी को हमारा इनाम मान लीजिए, वही हमारा नेग है। वही...

बात पूरी भी नहीं हुई थी कि रेशमा ने कन्धा झकझोरते हुए उन्हें जगा दिया—उठिए, खाना खा लीजिए। आपकी आज की कमाई से इस्टू गोश्त पकाए हैं। अब्दुल मियाँ खाने के शौक़ीन तो थे ही, हड़बड़ाकर उठ बैठे।

लाओ, लाओ, इससे अच्छा क्या! रोटी गरम-गरम देना, साथ में कच्चा प्याज़ भी नींद की गफ़लत में थे, फिर भी वे अपने व्यंग्य के शग़ल से बाज़ न आए—ख़ुदा का शुक्र है, इतना तो कमा लेते हैं कि इस्टू गोश्त और रोटी खा सकें। एक पल की चुप्पी...फिर दोनों मियाँ-बीवी ठठाकर हँसे तो हँसते ही चले जाते थे।

सुबह ठीक नौ बजे अब्दुल मियाँ महराज के दरवाज़े पर पहुँच गए—क़रीने से कुर्ती-लुंगी पहने और उस पर मोटी फ्रेम वाला चश्मा। राम उमेद बाबू बाहर दालान में ही अधलेटे अख़बार पढ़ रहे थे। वह भी कमर में लुंगी-जैसा कुछ लपेटे थे और शरीर के ऊपर वाले हिस्से में सिर्फ़ जनेऊ थी।

आ गए, वे बेतकल्लुफ़ी से बोले और बैठने का इशारा किया और बची हुई ख़बर को पूरा करने के बाद इधर-उधर देखने लगे। उनकी नज़र अपने नौ वर्षीय पोते पर पड़ी, वह कुर्सी पर बैठा मोबाइल में उलझा हुआ था। उन्होंने उसे पास बुलाया—वैभव बेटा यहाँ आइए, यहाँ आइए तो, देखिए कौन आए हैं आपसे मिलने। मोबाइल रख दीजिए, इधर आ जाइए। इनके मम्मी-पापा इन्हें हैरी कहते हैं, लेकिन इनका नाम वैभव है, वैभव पांडे, लेकिन पांडे जी वाले गुण नहीं हैं इनमें।

माने? अब्दुल मियाँ अचरज में पड़ते नज़र आए।

माने कि मुर्ग़ा-मटन पे जान छिड़कते हैं। तीनों टाइम मिले तो तीनों टाइम खाएँ। इनके पापा तो छूते तक नहीं। अब्दुल मियाँ मुस्कराए, फिर धीरे से

बोले—मतलब कि दादा परदादा पे गए हैं, मतलब कि उनसे भी कई हाथ आगे!

एकदम! राम उमेद बाबू हँसने लगे। हमारा नाम रौशन करेंगे। हमारी तरह लुक-छिप कर खाने वाले नहीं हैं ये। संजय से तो कोई उम्मीद नहीं। देखते तक नहीं मीट-मछली की ओर।

और फिर हँसी का फ़व्वारा।

आम, जामुन और कटहल का फल खिलाने के बाद राम उमेद बाबू ने वैभव को फिर बुलाया—इन्हीं छोटे साहब के बाल बनाने हैं। ये समझते हैं, गाँव में हेयर कटिंग होती ही नहीं। अब्दुल मियाँ, आज इन्हें आप दिखा दीजिए। वैभव सकुचाते खड़े रहे।

अरे वाह। ज़रूर-ज़रूर। अब्दुल अपना साज़ो-सामान दुरुस्त करने लगे, फिर एक कटोरी-भर पानी मँगाया, वैभव को कुर्सी पर बैठाया, सफ़ेद मोटे कपड़े को उनके गले के चारों ओर लपेट के उनकी पीठ और पेट को कवर कर दिया।

शुरू करें? कैंची को कट-कट करते हुए पूछा। वैभव पांडे ने 'हूँ' कहा और अब्दुल मियाँ शुरू हो गए। उन्हीं के साथ महराज भी—वैभव बाबू, इनका नाम अब्दुल मियाँ है, हमारे दोस्त हैं और ये भी आपके दादा हुए।

दादा तो आप हैं। वैभव तपाक से बोले।

राम उमेद बाबू एक पल के लिए रुक गए, फिर सँभलते हुए बोले—हाँ, तो इनको आप दद्दू कहेंगे। दोनों एक ही है।

वैभव पांडे बाल कटवाते जा रहे थे और अब्दुल नाई को कभी दद्दू तो कभी दादा के सम्बोधन से नवाज़ते हुए प्रश्न पे प्रश्न पूछ रहे थे—आपको हेयर कटिंग किसने सिखाया, आपका सैलून कहाँ है, आप यूनीफॉर्म क्यों नहीं पहनते, आपको सलमान ख़ान और आमिर ख़ान की स्टाइल आती है? अब्दुल मियाँ ने हर सवाल का ऐसा मज़ेदार जवाब दिया कि वैभव लोटपोट होते रहे और फिर उन्होंने ऐसे मनोरंजक प्रश्न पूछे, ऐसी बुझौलियाँ बुझाए कि वैभव पांडे का बालमन हिलोरें लेने लगा। उनकी बालसुलभ जिज्ञासा और अब्दुल मियाँ की विनोदप्रियता में ख़ूब खेल चला। वैभव की हिचकिचाहट जाती रही, उन्होंने उत्तेजित होते हुए कहा, दद्दू कूल वाला कट दीजिएगा। महराज ने हँसते

हुए हस्तक्षेप किया, लेकिन कूल वाला कट तो इनको नहीं आता।

आता है, वैभव ने कसकर प्रतिवाद किया, क्यों दद्दू?

अब्दुल मियाँ कुछ नहीं बोले, लेकिन बाल काटने के बाद वैभव पांडे के सिर और पीठ पर अपने हाथों और उँगलियों की वो कला दिखाई कि वे हँसते-हँसते बेहाल हो गए।

कटिंग के बाद अब्दुल मियाँ ने वैभव से फीडबैक माँगा—शीशे में देखकर बताइए, कैसा बना, ठीक है न?

वैभव ने सिर और गरदन को घुमा-घुमा कर देखा और बोले, हाँ...नॉट बैड...जानते हैं आप, जानते हैं कटिंग। कुर्सी से उतरकर वे अब्दुल मियाँ का हाथ पकड़कर बोले, एक मिनट दिखाइए दद्दू, अपनी उँगली तो इधर कीजिए, इसमें मशीन है क्या? कैसे कटकट बजा रहे थे सिर पर, कैसे गुदगुदी लगा रहे थे? ऐसा तो पूना में भी नहीं कर पाते हैं।

अब यहाँ भी नहीं कर पाते हैं। अब्दुल मियाँ इतना धीमे बोले कि वैभव सुन नहीं पाए।

कभी दादाजी के साथ हमारी दुकान पर आइए वैभव बाबू। वैभव नीम हँसी हँसते हुए अन्दर भाग गए।

संजय बाबू नहीं दिखाई पड़े, बहुत बरस हुए उन्हें देखे हुए, अब्दुल मियाँ बोलकर महराज के नज़दीक खिसक आए—महराज एक बात कहना है। बहुत दिन से सोच रहे थे, लेकिन टालते जा रहे थे। कल आपने पूना में हेयरकट की बातें बताईं और मुझे इतना ताकीद किया कि हिम्मत हो गई...कि कुछ कहूँ।

महराज चुप ही रहे, लेकिन समझ गए कि कुछ तो है जो अब्दुल मियाँ कहना चाहते हैं, लेकिन उनका संकोच आड़े आ रहा था। सम्बन्ध ऐसा था कि न वे याचक थे, न ये दाता। याचक को दाता मना कर सकता है, लेकिन उतनी आसानी से दोस्त को नहीं, आत्मीय को नहीं, संगी-साथी को नहीं। अब्दुल नहीं समझ पा रहे थे कि किस सम्बन्ध का टेका लगाकर वे अपनी बात कहें या फिर सीधे याचना का सहारा लें। उन्हें संकोच के साथ संशय भी हो रहा था।

कहिए अब्दुल मियाँ।

इतना-भर बोलकर वे चुप हो गए। अब्दुल मुँह ताकने लगे। महराज के बोल में वे और भरोसे की आस लगाए थे, कुछ और आत्मीयता की, और अधिक तत्परता की। अब्दुल मियाँ मुस्कराहट को अन्दर से घसीट कर बाहर तक ले आए, लेकिन बेचारगी से सराबोर हो गए। मन में क्या-क्या उमड़-घुमड़ रहा था। रेशमा ने कहाँ मुश्किल में डाल दिया उनको। कहीं और भेज देती माँगने महराज ने तपाक से क्यों नहीं कहा—कहिए-कहिए। सिर्फ़ एक ही बार 'कहिए' कहकर रुक गए और तभी महराज के मुँह से फूट पड़ा—कहिए-कहिए अब्दुल मियाँ, काहे रुक गए, क्या सोचने लगे, कहिए भाई, सुन रहे हैं।

अब्दुल मियाँ का मन हुआ, महराज का माथा चूम लें। मन का बोझ हल्का कर दिया उन्होंने। बोलने के लिए उकसा तो रहे हैं। अब जो भी होगा अच्छा ही होगा, कह देते हैं एक ही बार में—महराज, आप वही चौक वाली बड़ी दुकान हमें दे दें। अभी तो ख़ाली है। हमारे लिए बड़े काम की होगी... बड़े मौक़े की है...सैलून खोलना चाहते हैं। जो किराया होगा, देंगे। उसमें कमी न करेंगे। हाँ, कुछ रियायत कर देंगे तो...

सैलून! महराज ने बीच ही में टोका।

अब्दुल मियाँ रुक कर उन्हें देखने लगे—जैसे कह रहे हों, हाँ सैलून! आप ही तो कल कह रहे थे कि समय और बाज़ार की माँग के अनुसार बदलाव लाओ और रेट बढ़ाओ।

हाँ भाई कहे तो थे, लेकिन दुकान तो आपकी ठीक है, सही जगह है, उसी को सजाइए, उसी को बढ़ाइए।

देखिए महराज, चन्द्रपुर बाज़ार में दो-तीन सैलून खुल गए हैं, और भी खुल रहे हैं, पता नहीं कहाँ से लोगों के पास इतनी पूँजी आ रही है! सुन रहे हैं राम परसाद तो अपने सैलून में एसी भी लगाने जा रहे हैं। ग्राहक सब तो उधर ही मुड़ रहे हैं। नौजवान और बच्चे तो सेंट-परसेंट! बस आप-जैसे पुराने लोगों के भरोसे हमें दो पैसा मिल जाता है। नहीं तो अब मक्खी मारने वाले दिन आ गए हैं हम-जैसों के।

महराज चुप्पी साधे बैठे रहे। फिर उन्होंने एक डकार लिया, छोटी-सी,

कम आवाज़ वाली। अन्दर से स्वत: आई नहीं थी, लाई गई थी। महराज उत्तर को तराश रहे थे, उस प्रक्रिया में एक छोटे से पड़ाव की आवश्यकता आन पड़ी। डकार से उन्होंने उस अटकी लय को हवा दी और अपनी ठुड्डी पर बायाँ हाथ फेरते हुए बोले—ठीक है आप चलिए, संजय बाबू और उनकी अम्मा से भी तनिक बतिया लेते हैं तो कल...

अब्दुल मियाँ तो समझ गए कि जवाब कल ही मिलेगा, इसलिए उस वाक्य को पूरा होने का कोई तात्कालिक फ़ायदा न देखते हुए बीच में ही अपनी आख़िरी बात डाल दिये—हमरी घरवाली ही ई प्रस्ताव लेकर भेजी हैं कि महराज मना नहीं करेंगे और यह कि दुकान नहीं मिली तो हम कहाँ जाएँगे, और बोली हैं कि एक इनाम तो हमारा राम उमेद बाबू के परिवार पर बनता ही है।

महराज बिना अब्दुल की तरफ़ देखे गरदन हिलाते बैठे रहे। अब्दुल मियाँ ने इन्तज़ार किया—एक पल...दो पल...तीन पल कि महराज शायद कुछ बोलें। गरदन अभी भी दोलन में, ऊपर वाला होंठ नीचे वाले को कसकर दबाए हुए, माथे पर अनिर्णय की चुन्नट!...चार पल...पाँच पल।

अच्छा भौजी से मिल सकते हैं? कैसी हैं वह? एकदम से चौक पड़े महराज—तबीयत नहीं ठीक रहती है उनकी। फिर मिल लीजिएगा।

तो जाएँ हम?

हाँ जाइए, कल बाज़ार आएँगे हम। बतिया लेंगे और रेशमा भाभी के लिए कुछ आम-जामुन बँधवा देते हैं, लेते जाइए। नया-नया दशहरी है और करिया जामुन, चहक के खाएँगी और हमको याद करेंगी। बोलकर वे ज़ोर से हँस पड़े, इस बार अकेले ही।

दूसरे दिन राम उमेद बाबू बाज़ार पहुँचे, साइकिल यथावत् अब्दुल की गुमटी से सटाकर जयशंकर पान की दुकान की ओर बढ़ चले, वैभव उनके साथ थे। पान खाया, एक जोड़ी अब्दुल के लिए बँधवाया और सलाम बन्दगी करते हुए मित्र की दुकान पर वापस। अब हस्बेमामूल बैठकी और बतकही। अब्दुल

मियाँ वैभव को देखकर वाक़ई बहुत ख़ुश हुए—क्या कर दें, क्या खिला दें उस बच्चे को। जलेबी लाएँ बाबू, टॉफी, समोसा क्या खाएँगे। वैभव पांडे अब्दुल मियाँ की दुकान देखकर निराश से थे। उन्होंने बिना बोले ही सिर हिलाकर कुछ खाने से मना किया। वे एक हाथ से अपने दादा की कुर्सी का हत्था पकड़े खड़े रहे। लगता था, बस अब कहने वाले हैं चलिए घर, चलिए न दादाजी, यहाँ नहीं अच्छा लग रहा है। राम उमेद अपने बालों में हाथ फेरते हुए अपने आपको तैयार कर रहे थे। मुँह में पान की लुग्दी बन चुकी थी, उन्होंने रस को पिच्च से थूका, वैभव बाबू ने इसे देखकर मुँह बनाया, महराज ने उस पर ध्यान नहीं दिया, अब्दुल मियाँ ने दिल मज़बूत कर लिया।

कल जो कह रहे थे आप...उसी के बारे में बताने आए हैं।

जी, अब्दुल मियाँ के मुँह से कमज़ोर-सा जी निकला, लेकिन उन्होंने उम्मीद का दामन पकड़े रखा।

घर में राय नहीं बनी, इतना बोलकर महाराज ने अपना बैठने का कोना बदला, सड़क की तरफ़ देखे, उधर जिधर धोती-कुर्ता, पैंट-शर्ट, लुंगी-बनियान पहने लोग खड़े थे, बैठे थे, आ-जा रहे थे, जैसे उन्होंने कुछ किया ही न हो! लेकिन क़सम पैदा करने वाले की, किया-कराया तो सब उन्हीं का था। उन्होंने ही महराज को मना किया था कि अपनी दुकान में ताला लगाकर रखें, फ़्री में उठा दें, कुछ भी करें, लेकिन इन लोगों को किराये पे न दें।

महराज दुखी लग रहे थे। एकदम ग़मगीन, निराश। पूरे समाज का दबाव है। मजबूर हूँ अब्दुल, नहीं तो तुम्हारी ही दुकान है, हम मना करते क्या! कभी किसी चीज़ के लिए मना कियें, बोलिए। समझिए कि गरम हवा बह रही है और हम कुछ नहीं कर पा रहे। बुरा न मानना भाई। उन्होंने अब्दुल के हाथ पे हाथ धर दिया, क्या सोचते हो, अभी भी तुम्हारे दुकान पे बैठते हैं तो किसी को अच्छा लगता है क्या!

अब्दुल चुपचाप सुनते रहे। हाथ पे हाथ अभी भी था। वे कुछ बोलना चाहे, लेकिन गले में ऊपर-नीचे होता थूक उन्हें चुप रहने पर मजबूर कर दिया। महराज ही बोले—मैंने दो दिन पहले भी कहा था, आज भी कहते हैं—इसी

दुकान को चमकाओ भाई, कुछ और बढ़ाओ, तुम्हारे हाथ में हुनर है, कला है, सब ठीक हो जाएगा। ग्राहक बढ़ेंगे और तुम्हारी आमदनी भी। ये दो दिन का खेला है, लोगों के पास पैसा आ जाता है तो वे उसे फेंकने के लिए गड्ढा खोदने लगते हैं। याद है ईंटा पे बैठकर बाल कटवाते थे, आज भी कटवा सकते हैं और पूना के सैलून में भी गए हैं। हमें तो कोई अन्तर नहीं लगता, लेकिन पैसा है तो औने-पौने ख़र्च करना ही है, क्या कर लीजिएगा, बोलिए।

अब्दुल ने हाथ छुड़ाया—ठीक है महराज, आप ज़्यादा न सोचें, आप सही कहते हैं, इसी दुकान को थोड़ा और सँवारते हैं। ग्राहक बढ़ेंगे, ऊपर वाले पे भरोसा है।

हाँ तो चिन्ता न कीजिए, ये लीजिए। ये कुछ पैसे हैं, इसी में अपना भी मिला-जुलाकर इसी गुमटी को सैलून बना डालिए।

अब्दुल मियाँ चौंक-से गए। पैसा। अब यह क्या! महराज दुकान नहीं दे पाए तो पैसा दे रहे हैं। पैसा-रुपया तो हमने नहीं माँगा था।

पैसा काहे महराज? उन्होंने हाथ खींच लिये।

नहीं, थामिए...थामिए। लीजिए...लोग देख रहे हैं...पकड़िए इसको तो बताते हैं। इतने में वैभव आगे बढ़े, पैसों को अपने दादा के हाथ से झपटकर अब्दुल मियाँ के सामने खड़े हो गए, लीजिए...दादा दे रहे हैं तो रखिए और अपनी दुकान और अच्छी बनाइए, तभी हम आएँगे यहाँ कटिंग कराने। अब्दुल हँसने लगे। पैसा उन्हें अपने कुर्ते की अन्दर वाली जेब में रखना ही पड़ा।

शाम को अब्दुल मियाँ ने सारी बातें बीवी को बताईं। वह आँगन में कान खोदते बैठी थीं। सुनते ही तिनका एक तरफ़ फेंककर पास सरक आईं—क्या। महराज ने पैसे दिये? वे कुछ बोलते, इससे पहले वह ख़ुद ही समझाने लगीं—देख तो रहे हैं चारों ओर अँधेर मचा है, बात-बात पर डंडा-झंडा लहराते, नारा लगाते जो मुँह में आया बकते-झकते बवाल काट रहे हैं...दबाव तो होगा ही महराज पर।

अब्दुल मियाँ ने बात पूरी कर दी—उनकी भी मजबूरी है, अब इसका

बताइए क्या करें...वे जेब से पैसे निकालकर खटिया पर रख दिये।

करना क्या है, मेरे पास जो है मैं भी देती हूँ। कुछ राम अवध सेठ से क़र्ज़ा ले लीजिए, अपनी दुकान सजाइए, लखनऊ जाकर ऊँची-ऊँची गद्‌देदार कुर्सियाँ और नये-नये औज़ार, अच्छे क़िस्म के तेल, पाउडर, क्रीम सब लाइए और उससे भी बड़ी बात, नया-नया स्टाइल जो मार्केट में चलन में है उसको सीखिए। और तो और, फ्री का मालिश-मसाज बन्द कीजिए, हर चीज़ का पैसा लीजिए, तब लोग आएँगे, आपकी वैल्यू करेंगे।

एक बात और कहूँ, मानिएगा?

वो क्या?

पहली बात तो दुकान का रंग-रोगन सही करवाइए और गुमटी की तीनों दीवारों को तिरंगे के रंग से रँग दीजिए, हाँ हवा के रुख़ के साथ जाइए, रंग-बिरंगी बत्ती लगा दीजिए, दुकान का एक अच्छा-सा नाम रखिए जो चले, डिस्काउंट की स्कीम लागू कीजिए...बाक़ी अल्लाह पे छोड़ दीजिए।

अब्दुल मियाँ सारी बातें अल्लाह और अपनी बीवी पर छोड़कर खाना खाए और सो गए। और अलस्सुबह वे उसी काम में लग गए जिसका उनकी बीवी ने तन्क़ीद किया था। बजट तो था ही, पीछे से बीवी की रोज़ की नसीहत और फ़ज़ीहत, अब्दुल मियाँ दोनों पैर से काम में लग गए। बनारस भागे, इलाहाबाद दौड़े, लखनऊ गए, बस अपना सैलून बना ही लेना था। लोग ताज्जुब करते, रश्क करते, हसरत से देखते और चुहल भी करते—बुढ़ौती में उन्हें शौक़ और जोश आया है।

एक तरफ़ गुमटी सैलून में तब्दील होती रही, दूसरी तरफ़ वे वहीं बग़ल में लकड़ी की कुर्सी लगाकर या ईंट लगाकर इक्का-दुक्का जो भी ग्राहक आते, अपना काम करते रहे। महराज बीच-बीच में टपक जाते और एक दिन तो वैभव पांडे भी आए और ख़ुश होकर लौटे।

पैसा बचाने की ग़रज़ से रंग-रोगन का काम बेटे के साथ उन्होंने ख़ुद सँभाल लिया और एक महीने की अथक मेहनत के बाद 'न्यू बाम्बे हेयर कटिंग सैलून' खड़ा हो गया, लेकिन यह क्या! वह जहाँ खड़ा था, उसका कोण

तिर्यक था और वह कुछ या कई लोगों की आँखों में 'खटकन' नाम का कीड़ा पैदा करने लगा। वे जहाँ बैठते, जहाँ खड़े होते, उन्हें बस वही सैलून दिखाई पड़ता। लकड़ी की तीन दीवारें, तीनों अलग-अलग रंगों से पुती हुईं—केसरिया, सफ़ेद और हरा। यह सोच कहाँ से आई, यह अकल कौन दिया भाई इसको, अब इसका काट क्या है?

खटकन नाम का कीड़ा ज़ोर-ज़ोर से काटने लगा और तभी यह हुआ, अब्दुल मियाँ किसी नौजवान के बाल में डिजाइन बनाने में मशगूल थे, उनका बेटा सैलून की दीवारों को झाड़-पोंछ रहा था कि गले में गमछा डाले तिरंगा लहराते चन्दा माँगने वाले लड़कों की भीड़ आ गई। उन्होंने सादर और विनम्रतापूर्वक सूचित किया कि वे स्थानीय नौजवान सभा के सदस्य हैं और रामलीला मैदान में होने वाली प्रान्तीय नौजवान सभा के लिए सहयोग के आकांक्षी हैं। अब्दुल मियाँ अधिकतर छोकरों को जानते थे, उन्होंने सहयोग किया। उन्होंने कहा—कुछ और। अब्दुल मियाँ ने दूसरी बार हाथ जेब में डाला, उन्होंने कहा—चचा कुछ और। अब्दुल ने हाथ जोड़ लिये—बस करो प्यारों, अभी ख़र्च ज़्यादा है, आमदनी कम, फिर कभी आइएगा तो देख लेंगे। ग्रुप लीडर ने कहा—अब तो एक ही बार आएँगे, और जान लीजिए अब तो आमदनी कम ही होगी, बेकार में आप इतना माल लगा दिये इस टपरे में। दूसरे ने कहा—और नाई की दुकान में तिरंगा पेंट करना ज़रूरी था क्या, तिरंगा पैसा कमाने का साधन क्यों बनाया? तीसरे ने कहा—ये हमारी सभा का झंडा है, इसे भी हम आपके सैलून पर लगा देते हैं, उतारिएगा मत। पहले वाले ने जाते-जाते पूछा, न्यू बॉम्बे की जगह नवी मुम्बई क्यों नहीं लिखा?

वे जाने लगे और एक-एक कर चले गए। अब्दुल मियाँ और उनका बेटा उन्हें जाते देखते रहे, फिर उस झंडे को देखा जो उन्होंने वहीं दुकान के ऊपर खोंस दिया था। बेटे ने कहा, अब्बू हटा दें, अब्बू ने कहा कि नादान रुक, ये मत कर। वह नादान था, वह नहीं रुका।

लगभग दो हफ़्ते बाद, जबकि प्रान्तीय सभा के लोग चन्द्रपुर आकर जा चुके थे, चन्दावीर लड़के बचे पैसों से आयोजित पार्टी में धमाल मचा चुके थे, अचानक से अब्दुल नाई ने नोटिस किया कि जो दुकान सजाने के बाद ग्राहकों की आवाजाही में इज़ाफ़ा हुआ था, वह मन्द पड़ने लगा और कुछ ही दिनों के बाद कम से कमतर होते हुए एकदम ख़त्म हो गया। बड़ी मुश्किल से रहमान के बेटे से उन्होंने कुछ नये कट सीखे थे, कुछ नई डिज़ाइनें ईजाद की थीं, जिन्हें नई पौध पसन्द कर रही थी, अब जैसे उन्हें कोई पूछने वाला नहीं बचा। अब्दुल मियाँ हैरान-परेशान। सुबह आते, दुकान खोलते, साफ़-सफ़ाई करते, इन्तज़ार में बैठे रहते, मक्खी मारते, थक-हार कर वापस चले जाते। मोहताजगी और बदहाली दरवाज़े पर दस्तक देने लगी। न जाने कहाँ और कैसे सारे ग्राहक एक साथ उनकी दुकान का रास्ता भूल गए। उन्हीं की क्यों, टोले में जिसको देखिए, उसी का बुरा हाल है।

बीवी ने पहले उन्हीं को दोषी करार दिया, लेकिन फिर राज़ की बात भी उन्होंने ही बताई—सुनिए, साज़िश रची जा रही है। मोबाइल पे मेसेज चल रहा है, एकजुट हो जाओ, मत ख़रीदो इनसे, न करो इनसे लेन-देन, न जाओ इनकी दुकानों पर बायकाट करो, दिखाओ अपनी ताक़त, अपनी संख्या अपना बल तोड़ दो इनकी कमर। अब नहीं तो कभी नहीं। इस मेसेज को आगे बढ़ाओ।

अब्दुल मियाँ बीवी की बात सुनकर धीरे से बोले, कौन बोला ये हो रहा है?

सभी बोल रहे हैं, जिन्होंने इस मेसेज को देखा है पढ़ा है। रहमान का बेटा रोता फिर रहा है...। उसने भी राम अवध सेठ से पैसा उठाकर सैलून बनाया, मोईन कपड़े वाले, खाँ साहब जूते-चप्पल वाले, यहाँ तक कि हमारे लोग जो भी काम-धन्धा कर रहे हैं—सब्ज़ी, पान, फल, उधर के लोग ख़रीदना बन्द कर दिये हैं। ख़ाली गोश्त की दुकानें चल रही हैं, लेकिन सुनते हैं, कह रहे हैं कि अब हम लोग झटका खाएँगे, इनकी दुकान से नहीं। मुन्ना सब्ज़ी वाले का सुना? फन्दे पर लटक गया था। वह तो कहिए बस बचा लिया घर वालों ने।

अब्दुल ने गहरी साँस ली—लुट जाएँगे हम सब सिर्फ़ अपने लोगों से

रोज़गार-व्यापार थोड़े ही चलेगा। सारा कारोबार ही बैठ जाएगा। बाद में तो सभी का नुक़सान है न!

देख नहीं रहे हैं, पूरे मुहल्ले में सन्नाटा है! रेशमा ने मायूसी से कहा।

लेकिन हम तो मर जाएँगे रेशमा। तुम्हारी ज़िद के आगे मेरी एक न चली। पहले कम्पटीशन में सब कुछ दाँव लगा दिया, सारी पूँजी झोंक दी और अब नफ़रत का खेल। हम तो जैसे जाल में फँस गए। क्या करें, कहाँ जाएँ...!

और सुनिए, यहाँ कौन करवा रहा है यह सब पता है?

कौन?

रेशमा पास खिसक आईं और पास, एकदम सट गईं, फिर अपने मुँह को अब्दुल के कान से सटाकर कुछ फुसफुसाईं।

नहीं! न...न! अब्दुल बेसाख़्ता बोल पड़े। वे स्तब्ध थे।

हाँ, सौ फ़ीसदी सही बोल रही हूँ।

यह वही पल था, यह वही लम्हा था जब हम अपने ऊपर शक करने लगते हैं, जब हम जीवन को लेकर विश्वास और अविश्वास, प्रेम और नफ़रत, क्रोध और विवशता, लोलुपता और निस्पृहता के बीच अटक जाते हैं। न इधर जा पाते हैं न उधर। न यहाँ चैन न वहाँ सुकून। यह वस्तुतः लाचारी और बेचारगी की चरम स्थिति होती है। जीते जी मरना, तिल-तिल...पल-पल। इससे गुज़रना इनसानों की ही नियति में होता है, जानवरों को क़ुदरत ने इस काँटे से महफ़ूज़ रखा है। ऐसी स्थिति में हम दरअसल अकेले में विलाप करना चाहते हैं, करुण क्रन्दन से सारी कायनात को भर देना चाहते हैं, लेकिन इसके उलट हँस पड़ते हैं।

अब्दुल नाई जब हँस चुके तो पत्नी ने कहा, एक बार फिर मिल आइए महराज से, देखिए क्या कहते हैं। क्या करते हैं। उनकी सब सुनते हैं, वह भी सबकी सुनते हैं।

अब्दुल ने राम उमेद बाबू से उसी रात मिल लेने का मन बनाया। देर तो हो

गई थी, लेकिन कोई चारा भी नहीं था। उनकी साइकिल जब राम उमेद बाबू के दरवाज़े पर रुकी तो वहाँ सन्नाटा था। बाहर एक अकेला बल्ब टिमटिमा रहा था जिसकी पीली मद्धम रोशनी में अब्दुल मियाँ ने कई ख़ाली कुर्सियाँ पड़ी देखीं जिससे अन्दाज़ा लगाया जा सकता था, कुछ ही देर पहले वहाँ बैठकी का दौर चला था। महराज का झबरा कुत्ता लेटे-लेटे ही गुर्र-गुर्र किया, लेकिन फिर शान्त हो गया। वे खड़े सोच ही रहे थे कि कैसे बुलाया जाए, किसी ने अन्दर से पूछा—के? के है हो?

महराज थे। वे शटर गेट के नज़दीक आ गए थे और आँख गड़ाकर इस अबेला में आए आगन्तुक को पहचानने की कोशिश कर रहे थे। ख़ाली धोती पहने थे और जनेऊ, जिसका अर्थ था खा-पीकर अब सोने की तैयारी। अब्दुल मारे संकोच के चुप ही रहे, एक अपराधबोध भी था कि नाहक़ ही रात में महराज की नींद ख़राब किये।

के? अब्दुल? महराज ने निश्चित ही उन्हें पहचान लिया था, सब ठीक बा न, रात में कैसे आए भाई, बोलें?

हाँ महराज, कुछ ज़रूरी पड़ गया, सो रुक नहीं सके। तकलीफ़ होगी आपको, लेकिन खोलिए...।

अरे नहीं भाई, काहे की तकलीफ़, क्या हुआ आख़िर, कुछ चिन्ता में लग रहे हैं।

महराज उसी तरह बाहर निकल आए, कुर्सी खींचे, बैठने चले, लेकिन अब्दुल लपके, अपना अँगोछा हाथ में लिये, महराज एक मिनट, तनिक साफ़ कर दें, गन्दी है। राम उमेद बाबू ने उन्हें पकड़ लिया—बैठिए-बैठिए, ई का है, साफ़ तो है, पहिले बैठिए आप।

अब्दुल भाई खड़े ही रहे और खड़े-खड़े ही अपनी बात रखने लगे—क्षमा चाहते हैं महराज कि इतनी रात गए आएँ, लेकिन...बात यह है कि...आना पड़ा। उनका हाथ उनके नाभि पर आधा जुड़ा हुआ टिका था। महराज बुदबुदाए, जैसे मन में बतिया रहे हों, क्या बात हो गई, इतना दयनीय ये कभी नहीं लगे!

अब्दुल कुछ सुने तो लेकिन समझ नहीं सके। महराज हम कुछ कहने

आए हैं...हम आपकी प्रजा हैं और...अब्दुल इतना ही बोल पाए थे कि महराज कुर्सी पे सीधे बैठते हुए चौकन्ना हो गए। अब्दुल के मुँह से निकला प्रजा शब्द उन्हें असहज और अस्थिर कर गया। ई सब क्या कहते हो अब्दुल, यही सम्बन्ध है हमारा-तुम्हारा! बैठिए पहले बैठिए।

अब्दुल आधी कुर्सी पर बैठते-बैठते बैठ गए, हाथ उसी प्रकार अर्धचन्द्राकार में जुड़ा रहा—देखिए, हम न पूना गए न कलकत्ता, न हिन्दुस्तान, न पाकिस्तान, यहीं आप बड़न की सेवा में उमर गुज़ार दिये, आप ही की संगत में दाल-रोटी कमाए और गुज़र-बसर किये।

अब्दुल के इस दयाभाव से उपजी विचलन महराज के चेहरे पर बल्ब की धीमी रोशनी में साफ़ देखी जा सकती थी।

क्या कहते हो अब्दुल मियाँ, साथ-साथ खेले-खाए हैं हम लोग इस तरह बोलकर लज्जित न करिए भाई। बात बताइए कि हुआ क्या!

अब्दुल कहीं और देख रहे थे, बिना नज़र मिलाए बोलना आसान लगा—एक तो हम लोगों को एक ही विद्या आती है, बस सीधा-सादा काम करते हैं, पूँजी है नहीं, समय की माँग के हिसाब से चलने में नाकाम, फिर भी किसी तरह रोज़ कुआँ खोदते हैं, रोज़ पानी पीते हैं। लोगों को चमक-दमक चाहिए, हाई रेट चाहिए जो हमारे पास नहीं था, नहीं था तो मार्केट से समाप्त हो जाने का ख़तरा सिर पर मँडराने लगा। कितने छोटे-मोटे कारीगर तो घर बैठ गए। ईंट और लकड़ी की कुर्सी का ज़माना तो रहा नहीं। आपकी मदद से और इनसे-उनसे क़र्ज़ा लेकर, गहना-गुरिया, घर-द्वार गिरवी और रेहन पर रखकर कुछ पकड़ बनाए तो अब अपने ही लोग जीने नहीं देना चाहते हैं। कहाँ जाएँ अब हम लोग, क्या यही हमारा इनाम है महराज?

इस बीच महराज ने अपने टेंट से खैनी निकालकर मलना शुरू कर दिया था—बात खोलकर कहिए अब्दुल कौन है, क्या है, ज़रा बताइए तो, हम समझे नहीं।

तम्बाकू और चूना एकमएक हो चुके थे।

अब्दुल मियाँ ने गला साफ़ किया—उसमें समझना क्या है महराज, हम

लोगों को अलग-थलग किया जा रहा है। यही हमारा पेशा है, यही हम जानते हैं। इसी से परिवार चलता है, अब अगर ग्राहक ही नहीं आएँगे, उनको मना कर दिया जाएगा, उनको वरग़लाया जाएगा, फोर्स किया जाएगा तो ये तो पेट पर लात मारना हुआ। अब आपसे क्या कहें, हमारे समाज के लोगों के कारोबार की दुर्दशा देखिए। लोगों को कहा जा रहा है, इन्हें छोड़िए, इन्हें तोड़िए।

राम उमेद बाबू संयत होकर बड़ी गम्भीरता से सुन रहे थे। उनके चेहरे के भावों को साफ़-साफ़ पढ़ पाना तो मुश्किल था, लेकिन उनके शरीर की भंगिमा से स्पष्ट था कि वे कम्फर्टेबल नहीं हैं, वे जो सुन रहे हैं उससे वे उद्विग्न हैं, उद्वेलित हैं। बोलिए-बोलिए, उन्होंने अब्दुल का हौसला बढ़ाया।

बस यही कहना है कि यह सज़ा न दीजिए हम लोगों को। कहिए कि हमारे पेट पर, हमारे बाल-बच्चों के पेट पर लात न मारें। काम ख़राब हो, माल ख़राब हो, दाम ख़राब हो, मत आइए हमारे यहाँ, लेकिन इस प्रकार दंडित न कीजिए माई-बाप। हमारा बायकाट न कीजिए। इससे अच्छा तो गला दबा दीजिए। कल मुन्ना सब्ज़ी वाले ने फाँसी लगा लिया था, बस समझिए कि बच गया किसी तरह। बस यही कहने के लिए आए हैं रात में। आप चाहेंगे तो हम भी जी-खा लेंगे। बाल-बच्चे पाल लेंगे।

लेकिन इस सबके पीछे कौन है, आप सोचते हैं हम हैं? राम उमेद बाबू का स्वर खिन्न था।

नहीं आप नहीं महराज, लेकिन आप चाहें तो उन्हें रोक सकते हैं।

किन्हें? महराज ने अब्दुल मियाँ पर एक कातर दृष्टि डाली। वे आगे की ओर झुक आए। आँखों में बेचैनी साफ़ थी।

संजय बाबू को।

क्या मतलब? क्या! फिर से कहिए। उनकी आँखें फटी की फटी रह गईं।

अब्दुल मियाँ ने फिर से कहा, वही जब से आए हैं मोबाइल पे मुहिम चला रहे हैं, सबको मेसेज भेज रहे हैं, मीटिंग करके सबको भड़का रहे हैं। हमारे टोले के लड़के कहते हैं कि इसके लिए उनको कहीं से फंड मिलता है।

महराज फिर से अपनी कुर्सी के बैकरेस्ट पर जा सटे थे—ऐसा कैसे हो

सकता है। संजय कर रहे हैं! वह अपने मुँह में ही बड़ाबड़ा रहे थे।

रेशमा का कहना है कि महराज को कम-से-कम एक बार खुलकर सामने आना चाहिए और हमारे लिए खड़े होना चाहिए। वह यह भी बोली कि ऐसे ही मौक़ों पर तो हमारी परीक्षा होती है।

महराज अब्दुल को देखते रहे। अब्दुल चलने के लिए खड़े हो गए—मन की बात आपको कह दिये, अब चलते हैं, ग़लती हो गई हो तो क्षमा करेंगे।

बैठिए-बैठिए, महराज ने उन्हें रोका।

महराज के पेट में गैस उफान पर थी। बैठे-बैठे घंटा-भर से ऊपर हो गया था। नालायक़ कभी ऊपर तो कभी नीचे उधम मचाए हुए थी। उन्होंने बायीं जानिब से कूल्हे को उठाया, थोड़ी-सी प्रतीक्षा और भरभराकर शैतान हवा बाहर। आराम मिला तो पेट पर थपकी लगाए और बोले, अगर ऐसा है तो उचित नहीं है, मैं देखूँगा, चिन्ता न करिए। कल मैं आता हूँ, हुआ तो मुन्ना सब्ज़ी वाले के यहाँ भी चलेंगे। रेशमा भाभी से कहिएगा, खुलकर सामने आने से बात बिगड़ सकती है। आजकल के लड़के। जाइए आप, बहुत रात हो गई है, किसी को साथ लगा दें क्या?

अब्दुल मियाँ हाथ जोड़े और लौट आए।

दूसरे दिन दुकान खुली तो एक नया तमाशा पहले से ही इन्तज़ार में था। वही लड़के, वही जो कुछ दिन पहले आए थे, आज सुबह फिर आ धमके। वही परिधान, माथे पर तिलक और गले में गमछा। आते ही धमकी-भरा स्वर, हमारा झंडा क्यों उतार दिया, बॉम्बे को मुम्बई क्यों नहीं किया, और ये तिरंगे का रंग आपकी गुमटी की शोभा बढ़ाने के लिए है? दुकान इतनी चमकीली और चन्दा सिर्फ़ एक सौ पचास रुपये! भीख माँगने आए थे क्या हम, हम लोग देश और समाज का काम करते हैं आप लोगों की तरह ख़ाली जनसंख्या नहीं बढ़ाते।

वे कृत्रिम क्रोध से लाल-पीले होने लगे थे। पहले ग्रुप लीडर ने हॉकी स्टिक से एक शीशा चकनाचूर किया, फिर दूसरे ने गद्दीदार कुर्सी को बाहर फेंका,

कटर, उस्तरा, कैंची रोड पर, ख़ुशबूदार वाटर स्प्रे ज़मीन पर, पाउडर और फिटकरी पटरी पर, नई-नई रंगीन कंघियों को एक-एक कर जेब में। अन्त में ज़रूरी चेतावनी कि सैलून का पेंट तीन दिन में नहीं बदला तो वे फिर लौटेंगे।

अब्दुल मियाँ उन्हें जाते देखते रहे, फिर एक-एक कर अपने बिखरे सामान पर नज़र घुमाए। देखते रहे, देखते रहे, न रो पाए न हँस पाए। खड़े-खड़े थक गए तो बैठ गए, उसी दुकान की सतह पर उकड़ू-मुकड़ू। हाथ बढ़ाकर झाड़ू लिया, शीशे के टुकड़ों और किरचों को एक तरफ़ किया और फिर गिरे पड़े ब्रश, साबुन, तेल, तौलिये, डिब्बे-डिब्बियाँ एक-एक कर उठाया और साफ़ करना शुरू किया। और यह क्या! अचानक महसूस किया कि पहले पीठ के ऊपरी हिस्से पर, फिर सिर के पीछे निचले हिस्से पे, कुछ हरकत हुई—बड़ी मासूम-सी, मुलायम-सी, एकदम मखमली। ये ऐसी नर्म उँगलियों की चाल थी जो अपनी छुअन में एक जन्नती एहसास लिये थी। जैसे कोई आसमानी फ़रिश्ता अब्दुल नाई की हिफ़ाज़त के वास्ते नमूदार हो गया हो। उन्होंने अपनी आँखें मूँद लीं, दाहिने हाथ को आहिस्ता-आहिस्ता पीछे ले गए। वही मखमली, मरमरी उँगलियाँ वहाँ मौजूद थीं। उन्होंने बड़े प्यार से उन्हें छुआ, पकड़ा और पहचान गए—वैभव बाबू! उनकी आवाज़ बस हलके से थरथराई। वे रुके रहे। उन उँगलियों में फिर वही जादुई हरकत हुई—दद्दू! फिर एक ख़ामोशी, जैसे दुनिया अपनी धुरी पर थम गई, भूल गई घूमना। जैसे वह उस पल में पाक-साफ़ हो गई सारी बुराइयों से, सारे षड्यंत्रों से, सारे दुःखों और सारी दुर्बलताओं से। वैभव ने कहा, चलिए दद्दू मैं बैठता हूँ आपकी कुर्सी पर, चलिए मेरे सिर में गुदगुदी करिए।

सिटिज़न रहमान

अब जेल में हूँ जी। जेल पहुँचकर एक कम्पलीट पैकेज बन गया हूँ, जैसे इसी की कमी थी ज़िन्दगी में। हम ऊपर वाले से हमेशा यही कहते आए थे—मालिक! जितनी गुंजाइश हो, बस उतनी आसानी बख़्श दो हमारी ज़िन्दगी में। हमारे यहाँ किसी ने भी, कभी भी न ऊपर वालों से ज़िद की, न ग़ैरज़रूरी डिमांड। और ज़िन्दगी आसानी से गुज़रती जा रही थी।

तो यह कैसे हो गया?

ऐसे हो गया कि यह तो हमारा ख़ुद का क़सूर है। मतलब यह कि क़सूरवार तो हम ख़ुद हैं। पीछे मुड़कर देखता हूँ, ठंडे दिमाग़ से सोचता हूँ तो लगता है कि घर न छोड़ते तो घर बच जाता। मेरी मुसीबत तभी शुरू हुई, ऐसा लगता है। बहरकैफ़ मेरे हालात की फ़ौरी वजह यह हो सकती है, लेकिन वजूहात कुछ और थे। अपना कान इधर करिए, मेरे नज़दीक। आपके कान में बताता हूँ, क्योंकि वह बात मेरी बेगम साहिबा ने रात के अँधेरे में मेरे कान में बताई थी।

लेकिन मेरे भाई थोड़ा और रुकिए, पहले जेल-बेल, कोर्ट-कचहरी और मुंसिफ़ों की मज़ेदार दास्तानगोई, बस मुख़्तसर में।

बेल तो जज साहिबान ने केस को बिना पढ़े ही ख़ारिज कर दिया और मेरे लर्नेड लॉयर को लताड़ भी लगाई कि कोर्ट का वक़्त जाया किया। जज साहब ने फ़ाइल फेंकी और चश्मा एडजस्ट करते हुए बोले, "अगला केस?" अगरचे अगला केस भी मेरा ही लगा था। मुझे हँसी आ गई। जज साहब सामने अपने उच्चासन पर ठाठ से विराजमान थे, हम सभी उनसे कई क़दम

नीचे खड़े। उनके पीछे तराज़ू पकड़े, आँखों पर पट्टी बाँधे युवती, सत्यमेव जयते की पट्टिका, फ़ाइलों के अम्बार, अदब से खड़े मातहत और अर्दली उन्हें शक्ति का पुंज और न्याय की मूर्ति बनाने में मददगार साबित हो रहे थे। इतने कि मेरे मुँह से हँसी नहीं फूटी। हालाँकि जैसा मैंने कहा, वह आ गई थी। हँसी की जगह डर के मारे मुँह से निकला—माई-बाप!

जज साहब नहीं सुन सके। सुनते और गुनते तो मैं यह कहता—माई-बाप, मैं एक ज़िम्मेदार शहरी हूँ, लेकिन इसे सिद्ध करने का कोई प्रमाण मेरे नज़दीक नहीं है। क्या आप मेरे चेहरे को देखकर सत्य का पता नहीं लगा सकते? बेल रिजेक्ट करके जेल भेजना किसी के बायें हाथ का खेल हो सकता है, पर अगर कोई यक़ीन करे तो मैं यह कहना चाहता हूँ कि मेरा दायाँ हाथ ले लो, लेकिन माई बाप, मुझे जेल न दो। मेरे पास इसके अलावा और कोई दलील नहीं है।

तो मैं समझ गया कि जब तक केस चलेगा, गवाहियाँ आएँगी, बहसें पूरी होंगी, यही मेरा ठिकाना रहेगा और यह सब साल-दर-साल चलने वाला है। इस यक़ीन के साथ। अपनों से दूर अब सबर-शुकर से क़फ़स में रात-दिन गिन रहा हूँ। शुरू में यहाँ के दिन लम्बे और थकाऊ होते थे, रात और ज़्यादा लम्बी और डरावनी, लेकिन जैसे ही उस दिन जज साहब ने मेरी दूसरी फ़ाइल फेंकते हुए कहा, "रिक्वेस्ट फॉर पैरोल आलसो रिजेक्टेड!" पहले तो वहीं घुटनों पर बैठ गया, बैठा रहा, फिर वकील साहब ने मुझे उठाया, थपथपाया, पानी पिलाया, बाहर निकाला! और पुलिसवाले बरसों बरस पुरानी राइफलें टाँगे पीछे-पीछे। जालीदार नीले रंग की बस कोर्टरूम के बरामदे से सटी हुई खड़ी थी। लगभग सभी क़ैदी जो पेशी में लाए गए थे, अन्दर चुपचुप बैठे दोनों तरफ़ की जालियों से आँखें धँसाए बाहर ताक रहे थे। पुलिसवालों ने मुझे सहारा देकर ऊपर किया। अभी कुछ ही दिनों पहले बने जेल के दोस्तों ने एक स्वर में पूछा, "मिली?" बैठने से पहले ही मैंने जवाब दे दिया, "तुम लोग तजुर्बेकार हो। सही कहा था, इस केस में बेल नहीं, जेल होगी। वही हुआ।"

वे चुप हो गए। ड्राइवर ने सिपाही से कन्फर्म किया कि सब आ गए, हाज़िरी कम्पलीट? उसने बिना गिने ही कहा, "हाँ जी चलो।" और हर्र-हर्र, सूँ-सूँ करते हुए बस चल पड़ी।

जेल पहुँचते-पहुँचते मैंने अपने अन्दर एक बदलाव-सा महसूस किया। अब यहीं और इन्हीं के साथ रहना, सिर पटकने से क्या फ़ायदा! तो क़िस्सा कोताह यह है कि जैसा मैंने ऊपर अर्ज़ किया, सबर-शुकर से क़फ़स के रात-दिन काट रहा हूँ। इस इन्तज़ार में कि सुबह हो, कि फिर शाम हो, कि फिर एक रात और कटे और सुबह हो। अब ऐसा ही हो रहा है। नमाज़ पढ़ने लगा हूँ। नमाज़ के बाद हाथ उठाकर दुआ माँगना चाहता हूँ, लेकिन ध्यान भटक जाता है। किसी का बुरा चाहने लगता हूँ। जेलर साहब दिल के अच्छे हैं। 'इस्लाम क्या है' नाम की एक फटी-पुरानी किताब उपलब्ध करवा दी है, जिसमें लिखा है—मुसीबत आए तो सब्र से काम लो, नाइंसाफ़ी हो तो सब्र करो, ज़ुल्म हो तो सब्र करो। क़ुरान में आया है—इन्नल्लाह मा साबिरीन! बेशक अल्लाह सब्र करने वालों के साथ है। अल्लाह हिन्दू या मुसलमान के साथ नहीं है, वह सब्र करने वालों के साथ है। हदीस में यह भी आता है—इन्नल्लाह मा शाकिरीन! ऐ ईमानवालो, अल्लाह शुकर करने वालों के साथ है। तो शुक्र है अल्लाह, ख़ाली जेल हुई है, फाँसी भी तो हो सकती थी। मेरा अब यही सहारा है। पहले इन बातों पर यक़ीन नहीं था, अब इन्हीं पर लौट रहा हूँ।

दादाजी कहा करते थे कि आज़ादी की लड़ाई में जब पहले-पहल जेल जाना पड़ा तो हाथ-पाँव फूल गए। वे अंग्रेज़ी ज़माने में रेल में नौकर थे लेकिन फिर गांधी टोपी पहन ली। उनके कहे पहली बार जब जेल गए तो डर लगा, फिर उन्हीं की ज़ुबानी—"मज़बूत था, मक़सद साफ़ था, ज़ालिम हाकिम को हराना था, क़ियादत गांधी जी की थी, जेल का डर दूर-दूर तक नहीं। जेल घर-जैसा लगता था, जेल जाने की होड़ थी।"

लेकिन मेरे अन्दर ये हिम्मत नहीं है। मैं जेल में एक पल भी नहीं रहना चाहता। दिन-भर काम में मन लगाने की कोशिश कर रहा हूँ, लेकिन रात में उस इलज़ाम को सोच-सोचकर सौ मौत मरता हूँ। एक बार मेरे वालिद

मरहूम भी क़ैदख़ाने का सफ़र कर चुके हैं। तब हम छोटे थे। अम्मी अमूमन खाना लेकर उनसे मुलाक़ात करने बड़ी जेल जाया करती थीं। जब मैं ख़ुद यहाँ लाया गया तो जेल के साइनबोर्ड देखकर यहाँ बचपन का आना-जाना एकबारगी कौंध गया।

एक बात बताऊँ? उन दिनों काले पुते बोर्ड पर सफ़ेद हरूफ़ में लिखा होता था—'मानिकपुर सेंट्रल जेल'। पहले हिन्दी में, फिर उर्दू में साफ़-साफ़ याद नहीं है कि अंग्रेज़ी में भी था कि नहीं। वैसे यह बयान करके मैं पहले दर्जे की बेवक़ूफ़ी करने जा रहा हूँ कि जेल का नाम जब हिन्दी के साथ उर्दू में भी लिखा देखा तो लगा अब्बा को तो यहाँ कोई ख़ास तकलीफ़ नहीं होगी। उर्दू उन्हीं दिनों पढ़ना शुरू किया था और जब पहली बार गेट पर पहुँचा तो अम्मी रुक गईं और बोलीं, "बताओ, क्या लिखा है!" मैं अटका तो उन्होंने उकसाया, "हिज्जे करके बताओ।" मैंने हिज्जे कर-करके पढ़ दिया तो अम्मी ख़ुश हो गईं, शाबाशी दी और बोलीं, "लौटते में अब्बा को ईद की मुबारकबाद दे देना, आज चाँद हो गया तो कल ईद होगी।"

मैंने उनका हाथ खींचा और बोला, "चलिए, जल्दी से अब्बा से मिलते हैं।" अब्बा से ख़ूब बातें हुईं। बात-बात में उन्होंने बताया कि वह देखो उधर, वहाँ नेहरू जी की सेल है, उसी में बन्द थे कई बरसों तक और इधर हॉल में जहाँ हमारा बिस्तर है, यहाँ दादाजी रहते थे। मुझे याद है, उनकी इस बात पर मैंने बड़ी मासूमियत से पूछा था, "तो क्या बड़ा होकर मैं भी यहाँ आऊँगा?" अब्बा मुस्कराने लगे, अम्मी जैसे तड़प उठीं। मेरा कान उमेठते हुए पीठ पर एक थपकी लगाई, "देखिए इसको शरीफ़ कहीं का! दुबारा इसको लेकर नहीं आऊँगी।"

लौटते में मैंने अम्मी से पूछा, "अच्छा बताइए, अब्बा जेल में क्यों बन्द हैं?" वे चौंक गईं, फिर एक ख़ामोशी के बाद बोली, "अपने ग़ुस्से की वजह से। तुम्हारे ख़ानदान में सभी ऐसे ही हैं। सबका ग़ुस्सा सातवें आसमान पर रहता है। तुम्हारे दादाजी का ग़ुस्सा तो गांधी जी ने ठंडा कर दिया था, लेकिन तुम्हारे अब्बू बन्दूक़ लेकर कभी इसको तो कभी उसको दौड़ा देते थे। किसी

ने हमारी ज़मीन से रास्ता निकाल लिया था और इन्होंने बन्दूक़ दागकर उसके पैर से किलो-भर ख़ून निकाल दिया। बस, जेल न जाते तो और कहाँ जाते! अच्छा ही हुआ, यहाँ बन्द हैं, नहीं तो वो लोग बन्दूक़ लेकर इनको ढूँढ़ रहे हैं।"

हम उसी साइनबोर्ड के पास फिर आ गए थे। मैंने फिर से हिज्जे करना शुरू किया। हिन्दी आती नहीं थी, उर्दू में लिखी इबारत दूसरी पढ़ाई में पानी की तरह साफ़ हो गई थी—'मानिकपुर सेंट्रल जेल'। अम्मी ने मुझे खींचते हुए कहा, "चलो। कल तुम सिवई लेकर आ जाना, गार्ड और जेलर साहब को भी दे देना।"

मुझे इतना तो याद है कि दूसरे दिन ईद थी और मैं सिवई लेकर बेरोकटोक अन्दर गया था, पर यह याद नहीं कि इस बार अम्मी साथ थीं या नहीं।

दरअसल जेल आपको अकेले ही जाना पड़ता है, अलबत्ता यह अकेलापन हर बार अलग-अलग होता है। मैं जब अब्बू से मिलने आता था तो उर्दू की वह इबारत मेरे साथ होती थी और जब एक दिन मुझे यहाँ लाया गया तो पुलिस वैन पहले गेट पर रुकी, शायद किसी तरह की जाँच थी, बेमतलब की। लेकिन उसका फ़ायदा यह हुआ कि वैन के झरोखे से मेरी नज़र उस बोर्ड पर गई, लेकिन वैन तब तक चल चुकी थी, फिर भी गरदन टेढ़ी करके मैंने दो बार देखा, शायद तीसरी बार भी। काले बोर्ड पर सफ़ेद अक्षरों में सिर्फ़ एक ज़ुबान में जेल का नाम लिखा था और वह उर्दू नहीं थी, और सच मानिए, मेरा दिल बैठने लगा।

जब मेरे गालों पर बालों की मुलायम फ़सल और होठों के ऊपर मूँछों की रेख की आमद हुई तो मैं अब्बू के ग़ुस्से का और दादा की साख और सखावत का वारिस बना। अम्मी की लगातार तनक़ीद से ग़ुस्सा तो जाता रहा, पर मक़ामी सियासत पर हमारी ख़ानदानी पकड़ बनी रही। अगरचे यह घटकर आसपास के कुछ बूथों तक ही महदूद थी, पर यह थी।

कब हमारी ये मामूली-सी सियासी हैसियत ग़ैरमामूली बन गई। कब हम कुछ लोगों की आँखों की किरकिरी बन गए, हम भाँप ही नहीं सके। बहरकैफ़, मेरे हालात की फ़ौरी वजह ये बिलकुल नहीं है। मेरी मुसीबत अब शुरू होती

है। अपना कान इधर करिए, आपके कान में बताता हूँ, क्योंकि वह बात मेरी बेगम साहिबा ने मेरे कान में बताई थी।

रात में सोने से पहले मामूक के मुताबिक उन्होंने पानी दिया, मैंने दवाई खाई। मैंने पानी उनकी ओर बढ़ाया, उन्होंने आज दवाई नहीं खाई, फिर उन्होंने बत्ती बुझाई। मैंने कान में इयरफ़ोन लगाकर मोबाइल ऑन किया। वे मेरे नज़दीक सरक आईं, मोबाइल फ़ोन को एक ओर धरते हुए फुसफुसाईं—"एक बुरी ख़बर है।"

बत्ती बुझते ही वो सो जाती हैं। पाँच मिनट के अन्दर ही उनके मुलायम खर्राटे बिस्तर को भरने लगते हैं। अब जगने का, बात करने का, ख़बर सुनने या सुनाने का तो कोई सवाल ही नहीं। बुरी ख़बर में मुझे सचाई लगी। मैं समझ गया कि अगर ये अपनी नींद रोककर कुछ सुनाना चाहती हैं तो बुरी की जगह वह बहुत बुरी ख़बर ही होगी।

"क्या हुआ?" मैंने सहज बने रहने की कोशिश की।

"कैसे कहूँ!" वह कसमसाने लगीं। कमरा बन्द था। बड़ा बेटा-बहू हॉल के उस पार अपने कमरे में थे, छोटा बेटा अपने कमरे में। ऊपर वाले कमरे में बेटी-दामाद और उनकी दो साल की बेटी। वह दरवाज़े की तरफ़ देखने लगीं, शायद अन्देशा था कि कोई आ न जाए या कोई सुन न ले। इत्मिनान हो जाने पर उन्होंने फिर कहा, "जग रहे हैं न?"

मैं उठकर बैठने लगा। उन्होंने कहा, "नहीं, लेटे रहिए, बताती हूँ। आज बाजी के साथ डॉक्टर के यहाँ गई थी, वहीं। अपनी कुसुम वर्मा। वही मियाँ-बीवी, सुन रहे हैं न? उन्हीं के पास आज बाजी के साथ गई थी। आप कुछ बोल नहीं रहे हैं, सुन रहे हैं कि नहीं?"

"बोलिए-बोलिए!" मैंने उन्हें बीच में टोका।

वे बोली, "मुझे लग रहा था...क्या बताऊँ...दो महीने से मैं बचा रही थी, पर लग रहा था कुछ ऐसा ही और आज उन्होंने कन्फर्म कर दिया।"

मैंने कुछ-कुछ समझ लिया था, ऐसा मुझे लगा। इसलिए कि जब उन्होंने कुसुम वर्मा का नाम लिया और फिर कहा कि उन्होंने कन्फर्म कर दिया है तो मेरा दिमाग़ एकबारगी सन्न हो गया, दिल अन्दर को धँसता चला गया। यह क्या! फिर भी मैंने ख़ुद को यक़ीन दिलाया कि मैंने पूरा नहीं समझा है, यानी जो समझा है वह ग़लत है।

"खुलकर बताइए पूरी बात।" वे अधलेटी थीं, मैं पूरा उठकर बैठ गया—"क्या कन्फर्म किया डॉक्टर साहब ने?"

"यही कि हमल से हूँ।" वे एकदम बोल गईं।

मेरे मुँह से निकला— "आप!"

"हूँ।" उनका 'हूँ' उस अँधेरे कमरे में भर गया।

उनके 'हूँ' के कुछ देर बाद मेरी बारी थी। मेरे समझ में नहीं आया, आगे मैं और क्या बोलूँ! मैं चुप रहा। चुप्पी ही समझ में आ रही थी और वही मैंने अख़्तियार कर ली थी। उन्होंने मेरा हाथ कसकर दबोच लिया था और धीरे-धीरे रो रही थीं।

दूसरे दिन मैं उन्हें लेकर डॉ. कुसुम वर्मा के नर्सिंगहोम गया। बस अपनी तसल्ली के लिए। हम बैठे रहे। जब डॉ. साहब सभी मरीज़ों से फ़ारिग़ हो गईं तो हम अन्दर गए। मेरे सभी बच्चों की पैदाइश में वर्मा कपल का ही हाथ रहा था। अब दोनों बूढ़े हो चुके थे—सत्तर पार, लेकिन उनका काम अभी भी बदस्तूर जारी था। तजुर्बे के साथ उनका सधा हाथ, कम फ़ीस और मज़ाक़िया मिज़ाज उनके पेशेंट को उनके साथ लम्बे समय तक जोड़े रखता था। चूँकि मैं सियासी हलकों से जुड़ा था, मुझे मालूम था कि वर्मा साहब ऐसी पार्टी से जुड़े थे जिससे हमारी सीधी-सीधी नाइत्तफ़ाक़ी थी और लड़ाई भी। वे ख़ाली पार्टी से जुड़े ही नहीं थे, बल्कि उस पार्टी की सांस्कृतिक इकाई के शहर अध्यक्ष भी थे कई वर्षों से। पर स्वभाव ऐसा कि मुझ जैसे बन्दे से भी अपनी पार्टी और सांस्कृतिक कार्यक्रमों के लिए भारी-भरकम चन्दा वसूल लेते थे।

वे हमें देखकर ठट्ठा मारकर हँसे, "आओ रहमान मियाँ, आओ।" डॉ. मैडम भी बग़ल में ही थीं, मुस्कराती। "आओ अपने दादा के पोते, रहमान

परिवार के चिराग़ आओ-आओ। जवानी बरक़रार रखे हो, आओ बैठो।" वे फिर दहाड़ मारकर हँसे, लेकिन कुसुम मैडम ने उनका साथ नहीं दिया। वे समझ रही थीं, हम शर्मिन्दा हैं।

मेरी बेगम यों तो पर्दा नहीं करतीं, लेकिन वो आज अपने आपको कवर करके आई थीं। कुसुम मैडम ने उनसे कहा, "बैठो भाई, आराम से बैठो। अरे स्टूल पर नहीं, इधर कुर्सी पर।" वे बग़ल में कुर्सी पर बैठ गईं।

डॉ. साहब का दिल अभी भी नहीं भरा था। बोले, "भाई, देश का भी कुछ ख़याल करो, तुम लोग इतना बोझ बढ़ाओगे तो देश कैसे चलेगा! अच्छे आदमी हो, अच्छे सिटिज़न भी बनो भाई!" फिर वे उसी लय में बोल गए। "ठीक है, ठीक है, जब बताइए क़ानून आ जाएगा तभी मानोगे। अच्छा हुआ समय से पहले टार्गेट पूरा कर लिए।" और वे हँसे तो हँसते ही चले जाते थे। फिर वे गम्भीर हो गए, लेकिन बात शुरू की कुसुम मैडम ने, "बताओ क्या चाहते हैं अब? अभी ज़्यादा देर नहीं हुई है, बिलकुल भी देर नहीं हुई है।" मैंने हाथ जोड़ लिये, "हम बड़ी उलझन में हैं मैडम जी। बच्चे जवान हैं, शादीशुदा, और अब यह!"

"तो उससे क्या?" डॉ. साहब प्रश्नवाचक दृष्टि से मुझे देखने लगे।

वे शायद हमारी दुविधा, हमारी मन:स्थिति, हमारी भूल-चूक को पूरी तरह नहीं समझ रहे थे, इसलिए कि उन्हें पूरी बात का इल्म नहीं था।

"बताइए अब्दुल रहमान साहब, इसमें कौन-सा पहाड़ टूट गया? आप लोग तो ऐसे भी फैमिली प्लानिंग से दूर ही रहते हैं, बच्चों को ख़ुदा की नेमत समझते हैं। अब जो हुआ सो हुआ।" इस बार वे पूरी गम्भीरता से बोल रहे थे, कहीं कोई हास्य-विनोद नहीं।

बेगम से नहीं रहा गया। वे तड़पकर बोलीं, "सर, बात यह है कि मेरी बहू भी प्रेग्नेंट है। पिछले महीने जब इसकी ख़ुशख़बर मिली तो हमारे घर जश्न का माहौल था। पूछिए इनसे, हम कितना ख़ुश हुए! दादा-दादी बनने का सपना कब से पाले बैठे थे। अब जब वह परवान चढ़ा तो ये दिन देखना पड़ रहा है।" वे बोले जा रही थीं, "ऐसा कैसे हो गया, किस हालात में हमें डाल दिया

ऊपर वाले ने! हम बहुत शर्मिन्दा हैं डॉ. साहब। उसी छत के नीचे बहू-बेटे के साथ हम कैसे रह सकते हैं भला!" वे सुबकने लगीं। उन्होंने मेरे कन्धे से सिर टिका लिया। ठीक उसी जगह मेरी क़मीज़ भीगने लगी।

"क्या आपने बच्चों को, मेरा मतलब बहू-बेटे से शेयर किया?" डॉ. साहब की आवाज़ में हमदर्दी थी।

"नहीं सर, सीधे आपके पास आए हैं।" मेरी आवाज़ कहीं और से आ रही थी।

"ठीक है। आप घर जाइए, सोचिए, फिर जैसा कहेंगे हम आपके साथ हैं। लेकिन हमारी तरफ़ से आख़िरी बात यह है कि आपने कोई अपराध नहीं कर दिया है। आप इसीलिए तो दुनिया में आए थे।"

मैंने महसूस किया कि उनके स्वर में किसी प्रकार के व्यंग्य या तंज का भाव नहीं था। हमने ये भी पूछा कि इस उम्र में ऐसा क्योंकर हो गया! कुसुम वर्मा ने बताया कि यह अपवाद है, लेकिन असम्भव नहीं।

उनकी आख़िरी बातें सुनकर हमें कुछ इत्मिनान तो हुआ, लेकिन बस फ़ौरी तौर पर ही। वहाँ से निकलकर हम यों ही शहर की खाक छानते रहे, बेमतलब, बेमक़सद। थक-हार कर शाम को घर पहुँचे। रात में हमने देर तक आपस में बात की और इस नतीजे पर पहुँचे कि फ़िलहाल इसे अपने तक ही रखना है और यह कि कुछ समय के लिए हमें यहाँ से बाहर चले जाना चाहिए, फिर हम फ़ैसला लेंगे कि हमें क्या करना है।

हमारा चमड़े का कारोबार था और धीरे-धीरे हम आगरा में भी पैर पसार रहे थे। हमने फ़ैसला किया कि मैं वहाँ जाकर एक मकान तलाश लूँ और फिर बच्चों को यह बोलकर कि अब इस उम्र में अकेले सब कुछ यहाँ से करना मुमकिन नहीं रहा, बेगम को भी वहाँ ले जाऊँ। फिर देखेंगे, ऊपर वाला कौन-सा रास्ता हमारे लिए खोलता है! तो अब आगरे में हमें एक घर या फ्लैट की दरकार थी, जिसमें हवा हो, रोशनी हो, ज़िन्दगी हो। बस एक अदद छत की तलाश में तल्ख़ तजुर्बा की ऐसी सौगात मिली कि मुल्क का शहरी होने पर से यक़ीन कमज़ोरतर हुआ।

एक महीने में कितनी ही बार पर्दा उठा और फिर गिरा। कितनी परतें खुलीं और बन्द हुईं। नाक़ाबिले यक़ीन और नाक़ाबिले बर्दाश्त जवाब मिले। कहें कि उनकी झड़ी लग गई—एक के बाद एक इस सोसायटी से उस सोसायटी, इस मुहल्ले से उस मुहल्ले, इस एजेंट से उस एजेंट, इस वेबसाइट से उस वेबसाइट भटकते रहे, कुछ न हुआ। अपनी और बेगम की चूक की सज़ा इस तरह मिल रही थी। ख़ून का घूँट पिए और उसी के आँसू रोए। एक एजेंट ने बताया कि आज हर आदमी पहले आधार देखता है, अब आपका नाम कहाँ छिपाएँ। मैंने हँसते हुए कहा, "भाई मुझे ही छिपा दो।" वह हँसते हुए बोला, "कोई आप बच्चा हैं।" बच्चा सुनकर अचानक से मैं कितना शर्मिन्दा और परेशान हुआ कि आप उसका अन्दाज़ा भी नहीं लगा सकते।

घर पर हालात ठीक नहीं चल रहे थे। बकरीद पर गोकशी की हवा तो हमेशा से उड़ती रही थी, लेकिन इधर दो-तीन सालों से कुछ ज़्यादा ही। पहले सच भी आसानी से झूठ हो जाता था, लेकिन अब झूठ को सच साबित करने पर आमादा हो जाते हैं। ऐसे कई गिरोह पैदा कर दिये गए हैं जो झूठ में से मनचाहा सच छान लेने की नई तकनीकों से लैस होकर गली-गली, गाँव-गाँव, मुहल्ले-मुहल्ले के चक्कर लगाते रहते हैं। ख़ास बकरीद के ही दिन हमारे मुहल्ले से गोकशी के सन्देह में दसेक लोग गिरफ़्तार कर लिए गए। घर वालों ने फ़ोन करके बताया कि लिस्ट में नाम मेरा भी था। पुलिसवाले दरवाज़े पर दस्तक दे गए—जहाँ भी छिपे हैं रहमान मियाँ, उन्हें इत्तला कर दो, देर से पेशतर थाने में पेश हो जाएँ।

बक़ौल फ़ैमिली वाले, गिरफ़्तार लोगों में से ज़्यादातर लोग, कुछ ने तो कहा कि सभी बेगुनाह-बेक़सूर हैं। जुमे को मकामी मस्जिद के इमाम ने एक भाषण दिया और फिर अक़्ल से पैदल नमाज़ियों के झुंड ने 'आ बैल मुझे मार' वाली मज़ेदार हरकत कर दी। नारेबाज़ी पत्थरबाज़ी में और पत्थरबाज़ी जवाबी हमले में तब्दील हो गई, फिर सौ से ज़्यादा मुहल्लेवासी गिरफ्तार हुए, जिनमें से कुछ ख़ास लोगों के घर ज़रा कुछ कमज़ोर बुनियाद पर खड़े थे, बताया

गया कि न उनका काग़ज़ दुरुस्त है, न उनके अन्दर रहने वालों के किरदार। यह सच्चे ख़तरे की अलामत थी।

रात के दो बजे मुझे फ़ोन पर बताया गया कि अभी-अभी पुलिसवाले जबरन जगाकर मेरे बारे में पूछ रहे थे और हर पाँच-दस मिनट बाद पुलिस की गाड़ी मुहल्ले की सुनसान सड़कों पर घूम जाती है। मैंने कहा कि ठीक है, सुबह बताना। उसके बाद मैं सोया नहीं। मैं नंगी आँखों से देख रहा था कि पुलिसवाले मेरे घर पर नोटिस चस्पाँ कर रहे हैं और इस बात की तस्दीक़ मेरे छोटे बेटे ने अपने मोबाइल से सुबह ठीक पाँच बजे कर दी।

लगभग छह बजे मैंने चाय बनाई, पी और बाहर निकला। निकला ही कि बच्चों को स्कूल ले जाने वाली एक बस सामने से निकली, और यक़ीन मानिए मैं डर गया। मैं उस बस को देखकर एकदम निहत्था हो गया। मेरा कलेजा धड़-धड़ करने लगा। मैं वहीं बैठ गया, ख़ौफ़ज़दा। बस का पीला डरावना रंग लगभग दस बजे छोटे बेटे ने फिर फ़ोन पर बताया कि प्रशासन के आदेशानुसार जितना हो सका, जल्दी-जल्दी हम लोगों ने घर का सामान-असबाब मदरसे के ग्राउंड में रख दिया। अम्मी और भाभी को भाभी के अब्बू अपने घर ले गए। भाईजान कहीं छिप गए हैं। वह रहमत मियाँ की ऊपरी मंज़िल से मुझे मेरी बेदख़ली और घर से बेघर होने के मंज़र को लाइव दिखा रहा था। भीमकाय दानव की तरह अपनी डरावनी सूँड़ और विशालकाय डैने फैलाए पीला बुलडोज़र विनाश और विध्वंस की इबारत लिखता जा रहा था।

मुझे उम्मीद थी कि कुछ लोग कहीं से नमूदार हो जाएँगे और इस वहशियाना हरकत को रोकेंगे। सिविल और पुलिस की गाड़ियों में बैठे अफ़सरों में से किसी का ज़मीर उन्हें झकझोर देगा। सुबह-सुबह अदालत जाने की तैयारी में लगे जज साहिबान में से किसी की सवारी शायद इधर मुड़ जाए या उनका फ़रमान लेकर दौड़ता हुआ कोई कारकुन आ पहुँचे।

मेरी नज़रें टीवी पर लगी थीं। मेरी इज़्ज़त को तार-तार किये जाने का नज़ारा नेशनल टीवी पर लाइव आ रहा था। मुझे अपराधी और ग़ैरज़िम्मेदार शहरी साबित करने, मेरे अपराध की माकूल सज़ा दिये जाने और इस साहसिक

क़दम की तारीफ़ों के पुल बाँधने में एंकरों में होड़ मची हुई थी। मेरे दोस्त और दुश्मन सभी मुझे बेघर-बेआबरू होते देखने के लिए आ खड़े हुए थे। मेरी पूरी दौलत ले लो भाई, नौकरी दी है तो वहाँ से भी निकाल दो मेरे आका, मेरी पूरी ज़मीन और जायदाद की नीलामी करवा दो माई-बाप, लेकिन यह न करो भाई। घर से बेघर न करो महोदय। घर पर हो रहे हर प्रहार के साथ अपनी ही नज़रों में गिर रहा हूँ, अपना सेल्फवर्थ खो रहा हूँ, अपनी डिग्निटी, अपना यक़ीन...सभी कुछ।

मैंने धीरे से पूछा, "जुल्फी कहाँ है?" मेरी ग़ैरमौजूदगी में जुल्फी ही घर का मालिक होता था। उसके भौंकने की आवाज़ रुक-रुककर मेरे कानों तक पहुँच रही थी। मैं समझ रहा था कि वह आसानी से घर बरबाद न होने देगा। उसका मुसलसल भौंकना पहले डराने के लिए था, लेकिन सरकारी अमले की ताक़त के सामने वह ख़ुद ही डर गया। आवाज़ धीमी और रुआँसी हो गई। पुलिसवालों की मेहरबानी से कुछ बचा हुआ सामान अभी बाहर निकाला जा रहा था। जुल्फी हाँफता हुआ हर खेप के साथ बाहर तक आता, सामान रखवाता और फिर वापस अन्दर जाता। यह था हमारा सोफ़ा, यह था टेबल फैन, यह था फूलदान और यह थी किताबों वाली आलमारी जिसमें से किताबें टपक रही थीं। जुल्फी रुक कर गिरती किताबों को सूँघता, फिर बढ़ जाता। बुलडोज़र बेरहमी से बुलडोज़ करता जा रहा था।

टीवी पर मैंने ग़ौर से देखा, सामने वाली बैठक ज़मींदोज़ हो गई थी, सिर्फ़ दीवार का वही टुकड़ा बेसहारा खड़ा था जिस पर दादाजी की हुक्का पीते हुए फ़ोटो एक ज़माने से लगी हुई थी। बैठक की लकड़ी वाली कुर्सियाँ नहीं हटाई गई थीं। वे मलबे के नीचे डूबती जा रही थीं, फिर अम्मा के कमरे को जो वर्षों पहले से उनके वफ़ात के बाद भी उनके नाम से ही जाना जाता था, नेस्तनाबूद करते हुए बुलडोज़र आँगन में दाख़िल हुआ। पिछवाड़े वाले छोटे दरवाज़े को धराशायी करते हुए एक और दानवी मशीन आँगन में प्रकट हुई। जुल्फी हाँफते, जीभ लपलपाते कभी अन्दर तो कभी बाहर, कभी मलबे को पार करता इस कमरे में तो कभी उस कमरे में दौड़ लगा रहा

था। दो पुलिसवाले उसे बाहर निकालने की फ़िराक़ में परेशान हो रहे थे, लेकिन जुल्फी उनकी एक नहीं सुन रहा था। उसकी बेचैनी, उसकी घबराहट, उसकी जाँनिसारी क़ाबिले दीद थी। दोनों पुलिसवाले थक-हारकर बाहर लौट गए।

अब किचन की बारी थी और फिर उस पत्थर की बेंच और टेबल की, जो किचन रूम से ठीक बाहर आँगन में बनी हुई थी, जिस पर बैठकर अम्मा अपनी पाकिस्तान वाली बेटी से ख़तो-किताबत और अलस्सुबह नमाज़ के बाद कलाम-ए-पाक की तिलावत करती थीं। बाक़ी समय उस पर कोई कुछ भी कर सकता था—हम बैठकर किताब पढ़ते थे, फुफी लोग पकौड़ियों के साथ चाय पीती थीं और बेगम धीमी आँच पर कुछ चढ़ाकर किताब पढ़ती थीं। यही उनका आराम करने का तरीक़ा था।

जुल्फी फिर से नज़र आया। घर का वही एक कोना था जहाँ उसे जाने की मनाही थी—बावर्चीख़ाना और वह पत्थर की टेबल बेंच। जुल्फी थक गया था, लेकिन उस कोने को गिराए जाने पर वह फिर से बेक़ाबू होकर भौंकने लगा। कई बार लगा कि वह मशीनों से भिड़ जाएगा एक सैनिक की तरह, वह उस कोने को, उस बेंच और उस टेबल को डिफेंड करने के लिए जान की बाज़ी लगा दे रहा था। किचन के बाद जब बेंच पर पहला वार हुआ तो वह भौंकते हुए ड्राइवर के केबिन तक उछल पड़ा। ऐसा दो बार हुआ तो ड्राइवर ने डरकर पुलिसवालों से गुहार लगाई। पास ही उसका अपना कोना था जहाँ वह सोता था और जहाँ दिन में तीन बार उसका खाना रखा जाता था। जब उस मशीन की खूँखार जीभ ने वहाँ खूँरेजी शुरू की तो जुल्फी शान्त खड़ा देखता रहा। न हाँफा न भौंका, न ड्राइवर पर हमला किया और न ही मशीन पर अपना पंजा चलाया। वहीं बैठ गया, एकदम पस्त। और फिर छोटे बेटे ने मोबाइल से मुझे कॉल लगाया, "अब्बू, डॉक्टर अंकल और आंटी दिखाई पड़ रहे हैं, यहीं जहाँ कार्रवाई चल रही है? रुकिए! मैं आपको दिखाता हूँ। एक मिनट, कोशिश करता हूँ कि उनकी आवाज़ भी सुनाऊँ। एक मिनट अब्बू, एक मिनट।"

मोबाइल में कैमरे की डावाँडोल वाली हरकत के बाद लैंस एक प्वाइंट पर स्थिर हुआ—कुसुम वर्मा और डॉ. वर्मा थे। वे हाथ उठा-उठाकर अधिकारियों से कुछ कह रहे थे, उन्हें कुछ समझाने की कोशिश कर रहे थे, कुछ मान-मनौव्वल और मिन्नतों वाली मुद्रा थी उनकी। मैंने धीरे से पूछा, "ये क्यों यहाँ? क्या बोल रहे हैं ये लोग? ये तो सचमुच डॉ. साहब हैं।" बेटा बोला, "रुकिए, सुनवाता हूँ।" और मैंने सुना कि डॉ. साहब और कुसुम मैडम पहले ग़ुस्से में और जब ग़ुस्सा कारगर न हुआ तो हाथ जोड़कर नरमी से गवाही दे रहे थे—"मैं इन्हें जानता हूँ, इस परिवार को जानता हूँ। ये लोग फ्रीडम फाइटर रहे हैं, ये ऐसे क़तई नहीं हैं। इनके साथ यह सब क्यों हो रहा है, ये पढ़े-लिखे अच्छे लोग हैं। अरे भाई, कोई है नहीं जो इस तोड़-फोड़ को रोक सके? अच्छा, आप लोग इनके ऊपर फ़ाइन कर दीजिए, न हो तो कुर्की ज़ब्ती कर लीजिए, पर इनका मकान क्यों तोड़ रहे हैं? अरे इस काम को रोकिए भाई, अरे समझिए इस घर में दो-दो पेशेंट हैं, दो-दो लेडीज पेशेंट। सबको जेल में डाल दीजिए, लेकिन यह काम न करिए ईश्वर के लिए।"

लेकिन काम तो क़रीब-क़रीब अंजाम पर पहुँच चुका था। दोपहर का दूसरा पहर चल रहा था। मैं फ़ोन रखकर टीवी देखने लगा। मलबे को सहलाता-दुलारता कैमरा और महिला रिपोर्टर की तीख़ी आवाज़—अपराधियों की यही सज़ा होनी चाहिए। वह और बहुत कुछ बोले जा रही थी। मैंने चैनल बदल दिया। यहाँ भी कैमरामैन बड़ी सफ़ाई के साथ मलबे को अपनी फोकस में ले रहा था। रिपोर्टर घर के एक-एक सामान को तार-तार कर रहा था। मलबे के उस अम्बार में मैं अपना घर ढूँढ़ रहा था कि तभी हल्के पीले रंग की मोटी रस्सी जैसी कोई चीज़ दिखी, मटमैली। कैमरामैन और रिपोर्टर दोनों का फोकस मलबे में दबे-फँसे एक पोस्टर पर था। उसे जूम करके दिखाने के लिए और ग़ुबार की रिपोर्टर अपने साथी को हिदायतें दे रहा था। धूल की वजह से पोस्टर की इबारत एकदम साफ़ नहीं थी और दूसरे वह उर्दू में था, तो रिपोर्टर ने अपने आर्टिफिशियल इंटेलीजेंस का इस्तेमाल करते हुए उसे एक बड़ी साज़िश से जोड़ दिया—"यह वही पोस्टर है जिसे जगह-जगह लगाकर

भीड़ इकट्ठा की गई थी। इसी के माध्यम से लोगों को उकसाया गया था।" मुझे मालूम था वह दो साल पहले का छपा पोस्टर था जब हम स्थानीय लोगों ने एक क़ौमी मुशायरे का आयोजन किया था।

लेकिन मेरी नज़रें उस पीली रस्सी पर अटक गई थीं। रस्सी नहीं थी वह। मुझे सन्देह कुछ और हो रहा था। कैमरा अभी भी ज़ूम था, रिपोर्टर से एंकर ने टेकओवर कर लिया था, लेकिन मैं उसकी बातें नहीं सुन पा रहा था, फिर उस धूल-धूसरित रस्सी से थोड़ा ही आगे दो काले-सफ़ेद बिन्दुओं पर मैं जड़ हो गया। जुल्फी! नहीं-नहीं, जुल्फी नहीं हो सकता, ये उसकी आँखें नहीं हैं। मेरा दिल धड़कने लगा जैसे अन्दर को धँस जाएगा। वह जुल्फी ही था। ख़ुद को रोकते-रोकते मैं रो पड़ा।

दो महीने आगरा में छुपे रहने के बाद मैं वहाँ वापस पहुँचा जहाँ हमारा घर हुआ करता था। वहाँ बस अब कुछ निशान-भर थे। इधर, हवालात में बन्द हमारे बग़लगीरों की गवाही पर हमारे घर के ख़िलाफ़ पुलिस ने पुख़्ता सबूत इकट्ठा कर लिये थे कि बलवे की शुरुआत हमारे घर की छत से पत्थर फेंकने से हुई थी, जिसमें कई निर्दोष नागरिक और पुलिसवाले घायल हुए थे।

मेरे अन्दर पहले से ही ग़ुस्सा पल रहा था, जो धीरे-धीरे ठंडा भी हो रहा था। दादा मरहूम कहा करते थे, ठंडा ग़ुस्सा सबसे ख़तरनाक होता है। यहाँ तक कि किसी की ज़ान तक ले सकता है। पुलिस हमेशा ग़लत नहीं होती, ठीक उसी रेशियो में जिस रेशियो में वह हमेशा सही नहीं होती। मैं वहाँ से सीधे डॉ. वर्मा के यहाँ गया, छोटे बेटे से मिलने। वह उन्हीं की हिफ़ाज़त में था। उसे लेकर मैं रहमत भाई के घर पहुँचा। मैंने कहा, "तख़लिया, हम दोनों को अकेला छोड़ दें, मैं तन्हाई में कुछ बात करना चाहता हूँ इस हरामज़ादे से।" हालाँकि मैं जानता था, वह हरामज़ादा नहीं है, लेकिन क्या करूँ, ठंडा ग़ुस्सा! मैंने ठंडे लहज़े में पूछा, "सच बोलना, छत पर पत्थर आख़िर क्योंकर इकट्ठा किया था तुमने?" वह चुप रहा।

मैंने कहा, "बोलो, देर न करो।"

वह चुप्पी अख़्तियार किये खड़ा रहा।

"जवाब दो।" मैंने बिना ऊँची आवाज़ किये कहा।

वह बोला, "फेंकने के लिए।"

"कहाँ फेंकने के लिए?"

"भीड़ पर।"

मैंने उसे देखा, वह मुझे देख रहा था।

मैंने आँखें नहीं झपकाईं। उसने भी नहीं।

"तुम्हारी वजह से यह घर तबाह हो गया। हम बेघर हो गए। सोचा तुमने?"

वह ख़ामोश रहा। मैं उबल रहा था, पर था होश में।

"ऐसा क्यों किया? बोलो।"

उसने अपने गले को साफ़ किया, थूक के घूँट को एक-दो बार अन्दर निगला, "क्योंकि अन्देशा था कि वो कुछ करेंगे।"

"लेकिन रहमत भाई तो कहते हैं कि उन लोगों ने कुछ किया नहीं।"

"हाँ, लेकिन वे ग़ुस्सा दिलाने वाले नारे लगा रहे थे ठीक हमारे घर के सामने खड़े होकर। उसके बाद जो करना था मैंने किया। मैंने पत्थरों की बारिश कर दी उन पर। कुछ तो वहीं घायल होकर गिर गए।"

मेरा ग़ुस्सा मेरे बेटे को नहीं मालूम था। उसने कभी नहीं देखा था, लेकिन मैं अपने बाप का बेटा था जो अपने ग़ुस्से की वजह से महीनों जेल की हवा खा चुके थे। अपना बहुत कुछ ग़ुस्से की वजह से तबाहो-बर्बाद कर चुके थे।

मैंने कहा, "अपनी बात पूरी करो।"

उसने कहा, "वे ऊपर इधर-उधर देखे, उन्हें कुछ समझ न आया कि आख़िर पत्थर कहाँ से आ रहे हैं। चोट लगने से वे बिलबिला रहे थे। मैं पत्थर पर पत्थर फेंके जा रहा था। मैंने बाद में ग़ौर किया कि कुछ लोग मेरा वीडियो बना रहे हैं, लेकिन मैं नहीं रुका।"

"अरे बेटा रुक जाते!" मैंने पूरी ताक़त लगाकर एकबारगी अपने हराम ग़ुस्से को बाहर आने से रोका।

"अब मैं नहीं रुकूँगा।" वह एकदम आहिस्ता से बोला।

उसका वाक्य पूरा हो भी पाया कि नहीं, मुझे साफ़-साफ़ याद नहीं आ

रहा। मैंने एक हाथ से कॉलर पकड़ा, दूसरे हाथ से उसके हीरोकट बाल और पूरा ज़ोर लगाकर उसे झिंझोड़ने लगा। वह रिएक्ट नहीं कर रहा था, क़तई नहीं। मैं उसे झिंझोड़ रहा था। उसका शरीर कभी इधर तो कभी उधर झूल रहा था, लेकिन वह बोल कुछ भी नहीं रहा था। अगर वह कहता, अब्बू ग़लती हो गई तो शायद मैं रुक जाता या कुछ भी बोल देता तो मैं रुक जाता। वह हरामज़ादा एक लफ़्ज़ नहीं बोला और फिर मैंने उस पर हमला कर दिया—ताबड़तोड़। लात-घूसों से मारने के बाद हाथ में जो कुछ भी आया—डंडा, रॉड, ईंट, पत्थर, मैंने उसी से उसको मारा, बेतहाशा-बेइन्तिहा। मैं थक गया, लेकिन वह नहीं और न ही बोला।

रहमत भाई ने मेरे शैतानी ग़ुस्से से उसकी ज़ान बचाई। वह बुरी तरह लहूलुहान हो चुका था। मुझसे निजात पाते ही वह बाहर को भागा। शाम होते-होते रहमत भाई के घर पुलिस की दबिश हुई। बीसों पुलिसवाले और वह नाबालिग। वह मेरा बेटा नहीं था। उनकी नज़र में वह एक नाबालिग था जो पारिवारिक हिंसा का शिकार हुआ था।

उस शाम पुलिसवालों ने मुझसे जो पूछताछ की, उससे बिलकुल नहीं लगा कि वे किसी और मिशन पर हैं—वे पारिवारिक हिंसा से कई क़दम आगे की सोचकर आए थे। जब मुझे दूसरे दिन मजिस्ट्रेट के सामने पेश किया गया तो मेरे विरुद्ध लगीं धाराएँ पढ़कर सुनाई गईं। सच कहूँ, मुझे धाराओं की अन्दरूनी कैफ़ियत बिलकुल नहीं पता थी। मेरे इक्का-दुक्का रिश्तेदार जो वहाँ मौजूद थे, ग़ुस्से और डर से काँपने लगे। मेरे वकील ने कड़ी आपत्ति दर्ज की और लड़ने पर आमादा हो गए। मैंने वकील साहब से कहा कि भइया मारा तो है मैंने उसको और बेदर्दी से हाथ चलाया है, कुछ सज़ा तो बनती है, अपनी ही औलाद है तो क्या! आप लोग इतनी हायतौबा क्यों मचा रहे हैं। उन्होंने कहा कि आपके ऊपर पॉस्को लगा दिया है—अपने ही बेटे के साथ शारीरिक हिंसा के साथ दुराचार के प्रयास का इल्ज़ाम!

तब से मैं जेल में हूँ बिना बेल के बेटा, जिसकी वजह से मेरा घर बुलडोज़ किया गया और जिसके ऊपर अपना ठंडा ग़ुस्सा उतारने की वजह से मैं सज़ा

काट रहा हूँ, वह बाल संरक्षण गृह में दिन-रात गुज़ार रहा है। उसे मुझसे मिलने की मनाही है। भला हो डॉ. वर्मा का जो कभी-कभार उसकी और मेरी बेगम की ख़बर ले लेते हैं और मुझ तक पहुँचा देते हैं।

बात यह है कि अगर हालात इस मुक़ाम पर पहुँच ही जाएँ—जैसे मेरे और मेरी बेगम के, तो एक अदद अपना घर बड़े काम की चीज़ होती है। मैं और मेरी बेगम जिस बात को लेकर पशेमान थे, जिसकी वजह से हम आगरा में फ़ौरी ठिकाना तलाश रहे थे, जहाँ हम कुछ दिन रहते, सोचते-विचारते, फिर शायद कहते, तो क्या? कोई गुनाह थोड़े ही किया है। क़ानून थोड़े ही तोड़ा है! पर मेरी उस छोटी-सी ग़ैरमौजूदगी ने मेरे छोटे बेटे के हाथ में पत्थर के टुकड़े थमा दिये और फिर हम घर से बेघर हो गए, सब कुछ तितर-बितर हो गया और अब बेगम अपनी बहू के साथ उसी के घर में पनाहगुज़ीर हैं। लगभग सात माह बीत चुके हैं। कह नहीं सकता, उनके ऊपर क्या बीत रही है और यह कि अपनी शर्मिन्दगी को अकेले वह कैसे हैंडिल कर रही हैं!

दिलपत्थर

दोनों कोर्ट से बाहर निकले तो उतना अच्छा नहीं महसूस हुआ जितना कि ऐसे मौक़े पर लगना चाहिए। बदली थी, सन्नाटा था, और चुप्पी, जैसे कुछ नाख़ुशगवार गुज़रा हो। लेकिन मास्क की वजह से उनके चेहरे की असल रंगत का अन्दाज़ा लगा पाना मुश्किल था।

वे सीधे अपने आशियाने को चल पड़े। आशियाना जो उन्होंने दो दिन पहले ही बनाया था...आज से रहने जा रहे थे। पहले पैदल चलते रहे। फिर जैसे-तैसे थ्री-व्हीलर की सवारी मिली और सफ़र आसान। मौक़ा देखकर उसने जेब से अँगूठी निकाली और बिना किसी रूमानी भूमिका के उसकी उँगली में सरका दिया जिसको उतारकर लड़की ने सही उँगली में पहना और नाक सिकोड़ी—कुछ नहीं पता...कुछ नहीं आता। फिर लड़का पीछे वाली पैंट की जेब से खरे सोने की चेन निकालकर उसके हाथों में ठूँसते हुए फुसफुसाया, इस तरह कि कहीं ड्राइवर न सुन ले। मम्मी की है। चुरा के लाया हूँ। पुरानी लग रही है न। लेकिन साफ़ करवा दूँगा, चमक जाएगी। क्या देख रही हो, धीरे से पहन लो। दादी ने मम्मी को दिया था।

वह चुप रही। चेन उसकी मुट्ठी में बन्द थी।

सुनो, किस फिकर में हो, ख़ुश नहीं हो क्या। वह उसे घूरने लगा, निराशा से। कितनी मशक़्क़त करनी पड़ी थी उनके बक्से से चेन उड़ाने में, और ये हैं कि कोई भाव ही नहीं दे रहीं।

वह बिना किसी भाव के चेन को देखे जा रही थी। फिर उसने मुट्ठी बन्द

कर ली और बाहर ताकने लगी। क्या हुआ, क्या सोच रही हो? नहीं पसन्द आई? वह अनमनी-सी बाहर ही देखे जा रही थी। उसे कुछ सूझा। उसने उसकी कमज़ोर नस को पकड़ा—चोरी का माल पसन्द नहीं आया न, लाओ वापस दो। उसने सिकड़ी छीन लेने का उपक्रम किया, लेकिन मुट्ठी थी कि लोहे की बख़्तर हो गई। वह हँसने लगा। सुनो, वह फिर फुसफुसाया, और इस बार बहुत धीरे से, जानबूझकर क्योंकि ड्राइवर मज़बूत क़द काठी का था, दिल्ली के आसपास का होगा, बदमाश लग रहा था। लेकिन बोलना तो था ही—और अब नहीं तो कब—पर ये बदमाश न सुने—सुनो! अच्छा रखे रहो, रात में मैं ख़ुद पहनाऊँगा। फिर कुछ और रुककर—बेबी! वह कसमसा गई, उसके बाँह में कसकर चिकोटी काट बैठी। दरअसल ड्राइवर का सिर एक डिग्री उनकी तरफ़ हो गया था। फिर जैसे ही ड्राइवर का सिर सीधा हो गया और वह फिर से गाड़ी चलाने में मशगूल हो गया, उसने अपना सिर अपने नये नवेले पति के कन्धे से लगा लिया। कुछ दूर और चलने के बाद लड़के को कुछ अटपटा-सा लगा। लड़की आँखें बन्द किये उसके काँधे से लगी हुई थी। इस बार उसने ड्राइवर की परवाह नहीं की—क्यूँ, तबीयत तो ठीक है न? उसने उसी मुद्रा में कहा—नहीं। मेरी तबीयत ठीक नहीं लग रही।

रास्ते में कुछ स्नैक्स, चादर, तकिये का ग़िलाफ़, ताज़े फूल, प्राइवेट कपड़े, कन्डोम और चूड़ी का डिब्बा ख़रीदते हुए वे अपने ठिकाने पर पहुँच गए। पहुँचते ही उसने जो पहला काम किया वह था स्वीगी। उसके बाद वह कमरा सजाने लगा।

डिलीवरी ब्वॉय दस मिनट से ज़्यादा लेट हो चुका था और वह घड़ी देखे जा रहा था। इतनी देर, कहाँ रह गया बन्दा। वह चुपचाप बैठी उसे खीजते देख रही थी। कॉलबेल बजी, लेकिन किसी ने शायद ग़लती से बजा दिया था। वह मुस्कुराई, क्या बात है, किस बात की जल्दी है, आ जाएगा, पूरी रात पड़ी है।

चुप करो! वह बाथरूम की तरफ़ बढ़ गया।

बाहर आया तो नहा धोकर फ्रेश था—तौलिया में नंगे बदन! पर उसने नोटिस नहीं किया, कुछ गुनते बैठी रही। फिर जैसे जगी, घर बात कर लूँ?

वह पाऊडर छिड़क रहा था। चुप ही रहा।

सोच रही हूँ अब तो बता दूँ।

उसने कहा सोच लो। तुम्हारे घर वाले ज़्यादा दूर नहीं रहते। ये जो फूल-पत्ती और नये-नये रिझाने वाले कपड़े ख़रीद कर लाई हो धरे रह जाएँगे। खींच के ले जाएँगे तुम्हें वे लोग।

—अच्छा छोटू से बात कर लेती हूँ। आप बोलो...।

उसने मोबाइल को एक हाथ से दूसरे हाथ में कर लिया।

करूँ?

बुला लो कमरे में साथ सो जाएगा।

चुप्प...तुमको मज़ाक़ सूझता है बस। जाओ मैं किसी से बात नहीं करती, मेरा सिर फट रहा है।

मुझे मालूम है, अब तुम्हें बहाने सूझ रहे हैं। खाना लगा रहा हूँ, खा लो, फिर सिर दबा दूँगा।

चलो हटो...बड़ा सिर दबा दूँगा।

क्यों, आज देखना कैसे दबाता हूँ। वह मुस्कुराया।

खाने के टेबल पर वह बस चुगती-भर रही। न भूख लगी थी, न स्वाद आया, न सुगंध मिली। बेतरतीब सजे बेडरूम को उसने और सजाने की कोशिश की पर बात बनी नहीं। वह आँखें बन्द किये पड़ गई और धीरे से बुदबुदाई—बदन गर्म लग रहा है, देखो फीवर है। उसने संशकित होकर उसे देखा, बोला तुम्हारा वहम है, हाथ दिखाओ। देखो तुम थक गई हो, डिस्टर्ब भी हो कोई बात नहीं, तुम सो जाओ...सुबह तक ठीक हो जाओगी। ऐसा करता हूँ, मैं दूसरे वाले कमरे में सो जाता हूँ, तुम सचमुच बीमार लग रही हो। अच्छा ऐसा करो घर बात कर लो, हल्की हो जाओगी। कर लो बात, मैं चलता हूँ...ठीक। वह उसके माथे पर हाथ रखता हुआ निकलने लगा।

वह कुनमुनाई—प्लीज़ बुरा न मानो, मुझे सचमुच फिवरिश लग रहा है।

सुनो मेरा मास्क दो, तुम भी पहन लो, जस्ट इन केस...। उसने कन्धे उचकाए और मास्क लेने चला गया। मास्क लेकर लौटा तो वह उठने की कोशिश करते हुए बोली—ऐसा करो नीचे किसी मेडिकल स्टोर से थर्मामीटर और ऑक्सीमीटर ले लो...मेरे पर्स में पैसे हैं...जाओ प्लीज़, थोड़ा प्रिकाशन तो लेना पड़ेगा।

उसने मास्क पहना, पैसे लिये और जाने के लिए मुड़ा। दो क़दम चलने के बाद फिर वापस मुड़ा—तो मैडम, सुहागरात कैंसिल न।

वह सोती-सी लग रही थी, कुछ नहीं बोली।

थर्मामीटर और ऑक्सीमीटर सामने वाले मेडिकल स्टोर में नहीं मिले। पीछे वाले में भी नहीं। बायें और दायें वाले में भी नहीं। दूर वाले में भी नहीं। गुम हो गई थीं सारी मशीनें। वह भटकता रहा, पुलिसवालों को सफ़ाई देते-देते, पैदल चलते-चलते थक गया। जब लौटा तो रात के दो बज रहे थे। ग़नीमत थी कि एक पुलिसवाले की मदद से ही मशीन मिल गईं।

फीवर था, 102, दो घंटे बाद भी पारासीटामाल का कुछ असर नहीं हुआ था और ऑक्सीजन लेवेल 97 से 90 पर आकर रुक गया था। कुछ देर तक वह गूगल पर रिसर्च करता रहा और जब वह पूरी तरह सोती-सी लगी, वह भी दूसरे कमरे में चला गया।...और आदतन दरवाज़ा बन्द कर लिया।

अलग-अलग कमरे में सोने के फ़ैसले के साथ उनकी पहली रात कोविड के साये में बीतना शुरू हुई। और लगभग साढ़े चार बजे सुबह, जबकि वह गहरी नींद में था, उसके दरवाज़े को खुलवाने की कोशिश शुरू हुई और लगभग पाँच बजे ठक-ठक और एक कमज़ोर-सी हाँफती आवाज़ ने उसे जगाने में कामयाबी पाई। वह झटके में उठा, दरवाज़ा खोला।

वह पूरा हाथ फैलाकर मना करने की मुद्रा में पीछे हटते हुए बोली—बुख़ार नहीं उतरा...साँस और फूलने लगी है...दूर रहो। बहुत बेचैनी है, प्लीज़ डॉक्टर से बात करो या हॉस्पिटल ले चलो। मुझे कोरोना हो गया...मैं जानती हूँ, मैं जान रही हूँ...कोविड, पक्का। बदहवासी में वह वहीं गिर पड़ी।

वह नीचे भागा। क्या इत्तेफ़ाक़ था कि जिस थ्री-व्हीलर वाले को उसने

सोते से जगाया यह वही था जिसने उन्हें पिछली शाम यहाँ ड्रॉप किया था। ये लोग स्मार्ट होते हैं, झट पहचान गया—क्या बाऊजी, क्या हुआ? एयरपोर्ट या रेलवे स्टेशन...चलिए रेडी हूँ। उसने एक पल के लिए भी यह आभास नहीं होने दिया कि वह सो रहा था। उसने धीरे से कहा, हॉस्पिटल...हॉस्पिटल चलना है जल्दी। ड्राइवर ने ऐसे देखा जैसे कह रहा हो, अरे शाम को तो अच्छे भले आए हैं, अभी क्या हो गया, कौन-सी इमरजेंसी हो गई भाई। फिर वह जैसे कुछ समझते हुए झिझका—हॉस्पिटल, अँय! अभी हॉस्पिटल!

उसने विनती की, हाथ बस जोड़ते-जोड़ते रह गया, फिर भी आधा जुड़ ही गया—हाँ हॉस्पिटल चलना है भइया, थोड़ी जल्दी कर सकते हो...क्या सोचने लगे? भइया, अपने पैसे ले लेना, जो कहोगे दे दूँगा, मुझे जल्दी है,... मुझे नहीं...पेशेंट ऊपर है, मैं बस लेकर आया।

ड्राइवर ने स्टेयरिंग हैंडिल से हाथ हटा लिये—बाऊजी ऐसा है, एक मिंट इधर आओ...हाँ आप देख लो...हॉस्पिटल उलटे साइड है, मन्ने स्टेशन की तरफ़ जाना है। ड्राइवर ने अपना मास्क चढ़ा लिया।

वह बेतहाशा आगे भागा। आगे क्रॉसिंग पर खड़ा होकर बेसब्री से देखने लगा। कुछ नहीं। कुछ भी नहीं। एक चिड़िया तक नहीं थी वहाँ। अब क्या करे। दो एक गाड़ियाँ जो उधर से पास हुईं सभी स्टेशन की तरफ़ जा रही थीं। कुछ स्लो हुईं, रुकीं, लेकिन हॉस्पिटल सुनकर आगे बढ़ गईं। उसकी बेहाली का बस अन्दाज़ा-भर लगाया जा सकता है! और तभी पीछे से एक थ्री-व्हीलर उसके नज़दीक आकर रुक गया—वही था। वही ड्राइवर। चलिए उन्हें ले आइए नीचे...किस हॉस्पिटल चलेंगे—कहीं भी जगह मिलना मुश्किल है... बल्कि नामुमकिन है, कोई कुछ भी कहे। बहन जी को कोरोना हुआ क्या... मुझे तो लग रहा है।

जब वे थ्री-व्हीलर में सवार हुए तो उसका ऑक्सीजन लेवेल 89 था और फीवर 102.6, फिर भी वह नार्मल एक्ट करने की कोशिश कर रही थी। ऊपर

ही उसने बता दिया था कि वही ड्राइवर है तो उसने रुक-रुककर प्रतिरोध जताया—नहीं, उसके साथ नहीं जाना है...आदमी ठीक नहीं लग रहा था... अभी बहुत सुबह है, दिन भी अच्छे से नहीं निकला है, उसके साथ नहीं। उसी के डर से शायद उसने साँसों को सँभाल रखा था, सीधे अपने बल बैठी, और शायद कुछ ख़ुद में ही बोलती भी जा रही थी।

वे पहले सबसे बड़े हॉस्पिटल पहुँचे। उसके बाद उससे बड़े, और उसके बाद उससे भी बड़े। मालूम हुआ कि इनमें बड़े लोग भर्ती हैं या फिर उनसे भी बड़े लोगों के लिए उनके बेड रिज़र्व हैं। ड्राइवर को उसने बता दिया था भइया जितने भी पैसे बनेंगे सब देंगे, बस एक बेड मिल जाए। लोगों ने जहाँ-जहाँ बताया वे गए। बड़े से छोटे, फिर उससे छोटे और फिर उससे छोटे। अब दोनों को ही ड्राइवर पर पूरा भरोसा हो गया था। वह उसी के भरोसे उसे छोड़ हॉस्पिटल में जाता, पूछताछ करता, मिन्नतें करता, हाथ-पाँव जोड़ता, उतने में वह भी गाड़ी लेकर वहीं पहुँच जाता और उसके साथ वह भी अस्पताल वालों के सामने रिरियाने लगता। वे दोनों गाड़ी की तरफ़ इशारा करते—देखिए डॉक्टर साहब, देखिए सिस्टर, साँस नहीं आ रही है पेशेंट को...प्लीज़ ले लीजिए, बेड नहीं तो ज़मीन पर लिटा दीजिएगा, बस एडमिट कर लीजिए...फ़ीस की कोई बात नहीं, बिलकुल फिकर न करें हम एडवांस जमा कर देंगे, जितना कहेंगे।

अन्ततः वे जीवन ज्योति अस्पताल पहुँचे। रिसेप्शन पर बैठी सिस्टर विनम्र थी, अच्छी भी। कुछ लोग, कुछ चेहरे, कुछ मौजूदगियाँ पहली नज़र में ही आपको भीड़ से अलग-थलग दिख जाते हैं। गोकि वे मास्क पहनें हों तब भी। उसे जैसे इलहाम हुआ, यहाँ और इनसे उसको मदद मिलेगी। ज़रूर मिलेगी। वह उन्हीं लोगों को बड़े ग़ौर से देखे जा रही थी—एक को, दोनों को, तीनों को, और फिर एक को और दोनों को। वह जान रही थी वे उसके पास ही आ रहे हैं और उसने अपने आपको तैयार कर लिया था—सॉरी, रियली सॉरी, हम कोई पेशेंट नहीं ले रहे हैं और आपके पास पॉजिटिव सर्टिफिकेट भी नहीं है। हम मजबूर हैं। कर सकते तो हम आपकी मदद ज़रूर करते।

बात नहीं बनी। इलहाम का अब वह क्या करे। सिलिंडर, ऑक्सीजन,

वेंटीलेटर, बेड और इंजेक्शन की बात तो थी ही। साथ में उन्हें पॉजिटिव होने का प्रमाण-पत्र भी चाहिए होगा। उस पूरी भाग-दौड़ में वह ड्राइवर तिनके का सहारा की तरह उसके साथ था। उसकी कुछ बातों से उसे सम्बल मिलता—जैसे कि जहाँ भी बाऊजी हम जा रहे हैं मरीज़ों का रेला लगा हुआ है, जिसको कोरोना नहीं वह भी डर के मारे दौड़ा चला आ रहा है। अस्पतालों की मौज है, इनका बैंक बैलेंस बढ़ रहा है, दिन दूनी रात चौगुनी। फिर अचानक वह चौंका—एक बात बताइए बाऊजी, क्या गारंटी है कि बहन जी को कोरोना ही है, कोई जाँच तो हुई नहीं है? आँय! चलो मान भी लेते हैं इनको कोरोना है तो आप ही बताइए अस्पताल वाले करें तो करें क्या। इनके सामने भी तो दिक़्क़त है, अस्पताल सभी को कहाँ से बेड दें, कहाँ से इतनी गैस लाएँ। बिचारी लड़की चाह तो रही थी कि ले ले, लेकिन क्या करती, मजबूर है।

अस्पताल में एक एजेंट ने उन्हें एक नम्बर दिया—कहा इस पर बात करें, एडमीशन ऑक्सीजन और बेड का पूरा पैकेज है। इस पर न लगे तो इस पर लगाइएगा, उसने दूसरा नम्बर भी दिया। एडमीशन हो जाने पर मैं आप से ख़ुद मिल लूँगा—मेरा बस दो हज़ार बनता है। आप चाहें तो एक पाँच की टिक्की दे सकते हैं, बाक़ी पन्द्रह काम होने परा उसने पाँच सौ का एक नोट बढ़ा दिया।

देखिए आपके पेशेंट की हालत बिगड़ रही है, देर करेंगे तो केस ख़राब हो जाएगा, फिर आप जानें—उसने नोट को तोड़मोड़ कर जेब में रख लिया। फिर शुरू हुआ—वैसे भाई साहब बुरा न मानें, समय ऐसा है कि आदमी जानवर बन गया है। मैं भी। जी मैं भी। दरअसल काम करते-करते। बता ही देता हूँ आपको। सुबह से शाम तक साँस लेने की फ़ुर्सत नहीं—फिर हँसने लगा, जैसे उसे मज़ाक़ सूझा—साँस कहाँ से लेंगे। ऑक्सीजन तो है नहीं, साँस कहाँ से लेंगे। बेड तो है नहीं, आराम कहाँ करेंगे। देखिए—अदरवाइज न लीजिएगा। सुबह से शाम तक इस अस्पताल, से उस अस्पताल, उस अस्पताल से इस अस्पताल बस यही काम रहता है, तब जाकर चार पैसे मिलते हैं। अब क्या कहें, कुछ दिनों से एक नया काम भी फाँद लिया है सिर पे। बॉडी डिस्पोजल का। उसमें मार मची है। कम्पटीशन भी। ऑक्सीजन और बेड से ज़्यादा तो

वहाँ दिक़्क़त है—लाइनें लगी हुई हैं लेकिन लकड़ियाँ नदारद। कबर खोदने वालों के अलग नखरे—छोटी बड़ी सभी का एक ही दाम। कहते हैं हमें भी बच्चे पालने हैं, मेहनत लगती है, कोविड पकड़ने का ख़तरा अलग से। लेकिन भाई साहब, सामने वाला बात समझे तब न। बॉडी बदबू मारने लगेगी, लेकिन जेब ढीली करने को तैयार नहीं। और तो और, अस्पतालों से ज़्यादा घरों से बॉडियाँ निकल रही हैं, उनका कोई हिसाब नहीं। उनका हिसाब हम लोग रखते हैं। आई बात समझ में।

एजेंट बोले जा रहा था। वह और ड्राइवर सुनते जा रहे थे, घड़ी देखे जा रहे थे। जब उसने बॉडी की बात की तो वे दोनों थ्री-व्हीलर से दूर खिसक गए। वह होश में थी, और सुन सकती थी।

उसने फिर बोलना जारी रखा—मेरा तो ऑफ़र है। बॉडी मेरे हवाले करो, पैसे दो आप जाओ घर आराम करो। सब काम फिनिश करके आपको फ़ोटो सेन्ड कर देंगे। पहले दस दिन लोग झिझके, फिर एक दो कस्टमर मिले, उसके बाद तो हमने पूरा विडियो बनाया, पिच्चरें उतारी, लोगों को दिखाया, उन्हें विश्वास होने लगा और अब साँस लेने की फ़ुर्सत नहीं। दस बारह लड़के रख लिये हैं। वे अस्पतालों के चक्कर काटते रहते हैं—हाँ हलो, अरे बेटे, पार्टी को रोक के रखो, बस पहुँचे, पुलिसवालों को पाँच-पाँच टिक्कियाँ दे देना। चलो रखो। फ़ोन को ऑफ़ करते हुए एजेंट ने अपना फ़ाइनल रिमार्क दिया—देख रहे हैं कितना बखेड़ा है, ऊपर से सरकारी खुरपेंच, जिससे बच निकलना आप जैसे लोगों के लिए सम्भव नहीं है। उसी लिए तो हम हैं...।

उसकी नसें जो तनी हुई थीं वे ढीली होने लगीं। उसकी बेसब्री बेचैनी और बेड और ऑक्सीजन की जल्दबाज़ी सहसा सुस्त पड़ने लगी। एजेंट ने जैसे उसे हल्का कर दिया था। आख़िर दीवाल में सिर फोड़ने से क्या हासिल होगा, इमरजेंसी तो है, पर क्या इतनी कि दौड़ते-दौड़ते मर जाएँ? इसी बीच एजेंट ने जेब से एक कार्ड निकाला—बस कम ही छपवाया है भाई साहब। लीजिए, उसने हाथ बढ़ाया। कार्ड तक़रीबन सादा ही था। सिर्फ़ तीन मोबाइल नम्बर छपे हुए थे—एक के नीचे एक। उसने कहा एडमीशन कराना, ऑक्सीजन,

वेंटीलेटर और बेड के लिए पहले दोनों नम्बरों पर ट्राई कर लें। वह ज़िम्मेदारी मेरी नहीं, साफ़ बात। वो लोग कर देते हैं, आप सन्तुष्ट हैं, तो मैं आकर पन्द्रह टिक्की ले लूँगा। अगर नहीं कर पाते हैं तो भाई जी सुन लो, ये जो आपने दिया है पैसे, ये पाँच सौ की टिक्की, समझना अपने छोटे भाई को यों ही दे दिया। उसने पाँच सौ का नोट निकाल लिया फिर वापस जेब में रखते हुए बोला, और तीसरा नम्बर मेरा है, बॉडी का काम हो तो मुझे याद कर लेना। उसने बिना कोई मौक़ा दिये मोटर साइकिल स्टार्ट की और फुर्र हो गया।

कुछ देर वे वहीं खड़े रहे चुपचाप। वह और ड्राइवर। थोड़ी दूर पर थ्री-व्हीलर में वह निढाल पड़ी थी। उसने ड्राइवर से कहा पानी ला भाई, और कुछ खाने को लाना। ड्राइवर रोड पार दुकान की तरफ़ बढ़ गया। उसने उस कार्ड को फिर देखा। तीनों नम्बरों के नीचे, एकदम से नीचे बाटम पर कुछ छपा था—महीन छोटे अक्षरों में कुछ लिखा था। उसने आँखे गड़ाईं—बेफ़िक्र रह बन्दे, आख़िर में क़ुदरत ही मुस्कुराएगी। उसने दुबारा पढ़ा। फिर पढ़ा। फिर एक बार और। फिर एकदम शान्त हो गया। फिर जैसे मुस्कुरा उठा। लेकिन मुस्कुरा नहीं सका।

वह वैसी ही पड़ी थी। बेसुध। हलके नाश्ते के बाद उसने पहले नम्बर पर कॉल लगाई—फ़ोन झट उठा। बात हुई। डील हुआ। एडमीशन करवा देने का उसने अपना ख़र्च बीस हजार कोट किया। अस्पताल का अलग से। इसमें बस एडमीशन, बेड की गांरटी नहीं। उसने हो-हुज्जत नहीं की। मिन्नत और कुछ कम करने की फ़रियाद भी नहीं। हनीमून ट्रिप के पूरे पैसे बचे थे। पहले जान।

फिर सामनेवाले ने कहा आप अस्पताल पहुँचो, हमारा लड़का पहुँच रहा है, कैश रेडी रखना। ट्रीटमेंट, ऑक्सीजन बेड मिलने पर, और उसका चार्ज अलग से अस्पताल को। अस्पताल अगर ऑक्सीजन का इन्तज़ाम नहीं कर पाएगा तो हम करेंगे—चालीस तक लग सकता है। पाँच दस एक्सट्रा रखना। इधर-उधर का। उसने कहा कोई बात नहीं, बस अस्पताल के अन्दर करवा दो, वैसे पेशेंट स्टेबल है, फिर भी जल्दी करो। जवाब आया—बस-बस आप पहुँचो, लड़का निकल चुका है।

'बेफ़िक्र रह बन्दे, आख़िर में कुदरत ही मुस्कुराएगी' पढ़कर न जाने क्यों उसको उसकी नवविवाहित कोरोना पेशेंट स्टेबल लगने लगी थी। उसने ऑक्सीजन नापा, पहले 95 फिर घिसटते हुए 84 पर रुका। बुख़ार 101। वह बुदबुदाई—पानी, बहुत प्यास लगी है। अस्पताल में भरती करवा दो न...। साँस में बहुत दिक़्क़त हो रही है...कुछ करो, कुछ भी!

यह वही अस्पताल था और वही नर्स थी—जो पहले मजबूर थी। पर अब नहीं। लड़के ने आते ही पैसे झपटे और अस्पताल के अन्दर भागा। उसने ग़ौर किया कि भागते-भागते उस लड़के ने आधे या लगभग इतने ही पैसे अपनी दाहिनी जेब में सरका लिया। कुछ ही पलों में वह लौटा और उसी नर्स को कुछ बोलते हुए बाहर निकल गया।

वार्ड ब्वॉय, स्ट्रेचर, पेशेंट और नर्स। और जीवन-ज्योति अस्पताल। वह दौड़ा लेकिन नर्स ने उसे हाथ के इशारे से मना कर दिया—आप नहीं, आप रुकिए, सिर्फ़ पेशेंट, मरीज़ों की भीड़ देख रहे हैं? कुछ देर बाद वह लौटी और कुछ और मरीज़ों को अन्दर ले गई। फिर कुछ और को। फिर कुछ और।

अस्पतालों का अपना एक माहौल होता है जिससे वह परिचित था। एक सुगंध होती है, चाहे तो उसमें से 'सु' हटा दें। इस गंध में फिनायल, एसिड, दवाओं और दूसरे केमिकल्स का तड़का होता है। यहाँ रोना और हँसना भी बराबर का होता है। लेकिन इस पल में जीवन-ज्योति में फिनायल की गंध में सिर्फ़ रोना शामिल था। पर हे प्रभु, रोने वाले कहाँ हैं? वे तो थे नहीं। कोई रोने वाले नहीं थे, सिर्फ़ रुलाई थी, डॉक्टर थे, नर्सें थीं, वार्ड ब्वॉय थे, पेशेंट थे, हल्का बुख़ार था, आधी साँस थी, टूटती आस थी। रोना था, लेकिन रोने वाले नहीं थे।

अन्दर ले जाते हुए पेशेंट ने कुछ इस तरह मुँह बनाया था जिससे लगा कि साँस की तकलीफ़ कुछ कम हुई थी। वह बाहर ही खड़ा रहा, मास्क अच्छी तरह मुँह पर चढ़ाए हुए, और थ्री-व्हीलर का ड्राइवर थोड़ी दूरी पर। नर्स उसकी नई नवेली बीवी को जाने कहाँ रखकर फिर अपने काम में मशगूल हो गई थी। वह सोच रहा था कि वह पूछे क्या किया उसने उसकी पेशेंट का पर वह नर्स तो जानवरों के माफ़िक़ काम करती जा रही थी। वह दो-तीन बार

उसके नज़दीक तक पहुँचा, उस नर्स ने दो तीन बार उसकी तरफ़ हमदर्दी से देखा। बस। पूछ पाने और बता देने के बीच कितनी अड़चनें, कितनी रुकावटें, कितने मरीज़, कितने बीमार, कितने काम। घंटों बाद भी उसे निश्चित रूप से यह नहीं पता चल सका था कि उसे किस तरह से भर्ती किया गया है, वार्ड में है या आई.सी.यू. में या बरामदे में या कहाँ। उसने ड्राइवर का नम्बर लेकर उसे विदा किया और वहीं पिलर के पास जम गया, नीचे ही ज़मीन पर। उसे बताया गया कि यों तो कोरोना पेशेंट के कोई तीमारदार यहाँ अलाऊड नहीं हैं, लेकिन जो भी हैं वे रोड के उस पार सामने वाले पार्क में रात बिताते हैं।

शाम के क़रीब आठ बजे और बहुत-सी नर्सों की आपाधापी में वह फिर दिखी, वही नर्स! वह लपका, सिस्टर, सिस्टर बेड मिल गया? वह मुस्कुरा पड़ी मास्क के अन्दर ही। दिन में शायद पहली बार। बेड? नहीं-नहीं अभी कहाँ... अभी तो बरामदे में ही सेटअप किया है, वार्ड के लिए लम्बी वेटिंग है। और तबीयत कैसी है, मतलब कि ऑक्सीजन लेवेल, फीवर, साँस...। नर्स ने कहा कल बात करिएगा, जाइए कहीं आराम कर लीजिए। सीरियस है लेकिन रात निकल जाएगी, फिर धीरे से बोली, जैसे स्वयं से ही,...निकल जानी चाहिए!

वह देखता रह गया।

वह रात उसने पार्क में बिताई। इक्के-दुक्के तीमारदारों के साथ। सुबह होते ही वह जीवन-ज्योति अस्पताल के गेट पर था। अस्पताल स्टाफ़ ने उसे मास्क के लिए डाँटा—एक नहीं दो, दो मास्क पहनिए, डबल मास्किंग। वह जेब टटोलने लगा—एक ही था, जो उसके मुँह पर था। सामने खड़े पुलिसवाले ने झट अपनी खैनी, मास्क के नीचे से मुँह के अन्दर रखी, हाथ झटका और ऊपर वाली जेब से एक मास्क निकालकर उसकी ओर बढ़ा दिया।

—मैं भी रात में पार्क में ही था—यहीं ड्यूटी लगी है। सुबह डेड बॉडी निकलवाकर फिर वहीं पार्क में बैठ जाता हूँ...पहले दिन-भर यहीं रहता था, पर भीड़ बढ़ गई तो मेरे रहने-न-रहने से फ़र्क़ नहीं पड़ता...दिन में एक बार

श्मशान घाट भी जाना पड़ता था, पर अब जाता नहीं। यहीं से हिसाब कर देता हूँ...मास्क अच्छे से पहन के रखिए। लेकिन उसने ऊपर वाला मास्क फिर से उतार लिया।

फिर से सिस्टर दिखी। सभी लगभग एक जैसी होती हैं लेकिन उसे लगने लगा था वह अलग है। वह लपका, सिस्...। उसने हाथ से इशारा किया अभी रुकिए...बताती हूँ। मुड़ी-तुड़ी यूनीफ़ार्म से लग रहा था कई दिनों से छुट्टी नहीं मिली है। रात में शायद ही सोई हो!

पुलिसवाले ने उसे इशारा किया—सुनिए, ऐसे जवाब नहीं मिलेगा...ऊपर से फ़ोन करवाइए। फिर रुक कर बोला—भाई फ़ोन से भी कुछ नहीं हो रहा है अब। यही लोग कर सकते हैं जो कर सकते हैं—अच्छा एक बात बताइए पेशेंट अभी ज़िन्दा है या डेड बॉडी लेने आए हैं...अंबुलेंस चाहिए ताऽऽ... प्राइवेट देख लीजिए...इनके पास मिलना असम्भव है...बहुत मारामारी है। उसने पुलिसवाले के एकालाप को सुना लेकिन बोला कुछ नहीं। हाँ फिर से एक मास्क के ऊपर दूसरा मास्क भी चढ़ा लिया।

वार्ड ब्वॉय, डॉक्टर, नर्स, सफ़ाई कर्मचारी सभी को कुछ-न-कुछ काम था, सभी जल्दी में थी, सभी रात-भर सोए नहीं थे, सभी ख़ुद को बचाते हुए दूसरों को बचा रहे थे। लेकिन फिर भी लोग बच नहीं रहे थे।

किसी तरह वही फिर से दिखी। वही नर्स। वही सिस्टर। वह दौड़ा और उसके सामने खड़ा हो गया।

जी, क्या हुआ? वह चुप रही। उसके हाथ में बिस्कुट का एक छोटा पैकेट था। उसे अपने सफ़ेद कोट के सामने वाली जेब में रखते हुए वह खड़ी हो गई। उसने धीरे से पूछा क्या हुआ उसका...बेड मिला? वह जो बोली इस तरह से था—बेड की तो दिक़्क़त है। वार्ड और आई.सी.यू. में डेड बॉडीज पड़ी हुई हैं कोई उठानेवाला नहीं है। जैसे ही जगह बनती है बरामदे वाले पेशेंट को अन्दर ले लेंगे। लेकिन वेटिंग ज़्यादा है। अभी दो दिन और लगेंगे। हाँ आप ऑक्सीजन सिलिंडर का इन्तज़ाम कर लीजिए। जल्द ही। आज ही। उसने पूछा, तो ठीक है न वो? वह कुछ नहीं बोली, चली ही गई।

ड्राइवर को नम्बर मिलाते हुए वह पार्क की तरफ़ लौटा, बेचैन, बेख़ुद। उधर ड्राइवर ने गाड़ी किनारे लगाई और शुरू हो गया—जी क्या हुआ, ठीक तो? कहो तो सवारी छोड़कर मैं आ जाऊँ। सिलिंडर? देखो भाई मैं भी देखता हूँ पर आप उन लोगों को फ़ोन लगाओ न...। मैं आज किसी समय मिलता हूँ। नहीं-नहीं मैं ट्राइ करूँगा, पता है बाबूजी पता है...बस दो चार घंटे निकल जाएँ...मालूम है सभी अस्पतालों का यही हाल है...चलो-चलो मैं देखता हूँ। रखूँ?

उसने उन दोनों नम्बरों पर बारी-बारी फ़ोन लगाया। पहले तो कुछ नहीं, फिर बिजी और फिर कोविड से बचने की चेतावनी। मन किया कि फ़ोन पटक दे। फिर हलो-हलो। उसने पहले प्रश्न पूछा—सिलिंडर की व्यवस्था हो सकती है क्या। इस तरह से पूछा कि सामने वाले को हालात ग़ैरमामूली न लगे और फटाफट दाम न बढ़ जाए। सामने वाला बेवक़ूफ़ न था, उसने भी काउंटर किया—कब के लिए। वह विचलित हो गया—आज ही...अभी चाहिए भाई साहब। तो ऐसे बोलिए न। कोई चान्स नहीं आज से शाम तक कुछ नहीं हो सकता। दो-चार जो अरेंज कर सके निकल गए हैं। कल की बात करिए कल की। अब वह मिन्नत पर उतर आया—कुछ भी हो भाई साहब, बस एक सिलिंडर की तो बात है...अस्पताल वाले कह रहे हैं इमरजेंसी है, और आज ही। चुप्पी...और फिर यह—दस हज़ार आप ट्रांसफर कर दो मैं देखता हूँ... इसी नम्बर पर। उसने फ़ोन रख दिया।

पार्क की बेंच पर बैठकर उसने पैसे ट्रांसफर किये और सोचने लगा फेमिली में बता दिया जाए या अभी नहीं। उसने बहन को फ़ोन लगाया। वही आगे न्यूज़ ब्रेक करेगी। फ़ोन पर कोरोना की डरावनी चेतावनी के बाद उधर से आवाज़ आई—कर लिए अपने मन की? उसने बहन को ज़्यादा मौक़ा नहीं दिया, हाँ सब कर लिए और अभी अस्पताल में हैं। कल सुबह से ही... इसीलिए फ़ोन किया है। मतलब? इस मतलब में साफ़-साफ़ चौंकने जैसा कुछ था। वह चुप रहा, लेकिन बहन नहीं—अस्पताल में...क्या हुआ...भैया? कोरोना हो गया है, मुझे नहीं उसे। अरे नहीं। बहन की आवाज़ में चौंकने के साथ सनसनाहट भर गई थी जैसे उसे बुलेट ने हिट किया हो पर होश बाक़ी हो।

इस नीम होशी में वह मुझे और उसे का फ़र्क़ नहीं समझ पाई—बस कोरोना सुन सकी थी—अरे क्या बोलते हो, बक। हलो, हलो। हाँ सच में गुड़िया मैं तो ठीक हूँ वह पॉजिटिव हो गई, कल से अस्पताल में है, धीरे-धीरे कंडीशन सीरियस हो रही है। मैं भी यहीं हूँ...पापा-मम्मी को बता देना...पैसे चाहिए होंगे सिलिंडर नहीं मिल रहा है।

भाई की ख़ुद ओढ़ी हुई परेशानी, मम्मी-पापा की वाजिब नाराज़गी और बहन की रुलाई—अपना ख़याल रखो भइया, बहुत बुरे हालात हैं...टी.वी. पर देख रहे हैं...अस्पताल के अन्दर मत जाना...। बहुत नाराज़ हैं। ये लोग कुछ नहीं करेंगे जानती हूँ फिर अन्त में, फफक कर रोने की आवाज़! ये लोग कुछ नहीं करेंगे।

उसी बेंच पर वह सो गया। और फिर आधे-अधूरे सपने। दिन की नींद के सपनों की मध्यम गति। और उसमें उलझी एक प्रेम-कहानी। पुलिसवाले की खैनी मिश्रित ताली से उसकी तंद्रा टूटी और वह ऊँचे पहाड़ की चोटी से गहरी खाई में गिरने से बच गया। कैसी तबीयत है आपके पेशेंट की? अभी वह नींद से बाहर नहीं हुआ था। अनन्यमनस्क, अधलेटा बैठा रहा। सुना लेकिन कुछ बोला नहीं। लीजिए पानी पी लीजिए, बहुत सोए, दो घंटे के लगभग... लग रहा है सिलिंडर की व्यवस्था हो गई...उठिए-उठिए।

वह उठा और अस्पताल की ओर चल पड़ा। पैसे ट्रांसफर किये दो घंटे से ज़्यादा हो गए थे और ड्राइवर से बात किये हुए तीन घंटे से भी अधिक—कहीं से कोई रिस्पांस नहीं। इस बार वह दिखाई नहीं पड़ी, पीछे से आई और बोली, सुनिए आपकी पेशेंट ने रिक्वेस्ट किया है कि मैं आप को कुछ खाने को दे दूँ—वह एक छोटा-सा बिस्कुट का पैकेट उसकी ओर बढ़ाते हुए बोली। रूखी-सी मुस्कान। उसे कुछ अजीब-सा लगा, असहज भाव से उसने पैकेट थाम लिया। तो सुबह उसने उसी तरह का बिस्कुट का पैकेट उसके हाथ में देखा था। काम का बोझा! बेचारी सिस्टर्स।

तबीयत अब कैसी है? बेड का कुछ हुआ? उसने बिस्कुट का पैकेट पकड़े-पकड़े पूछा।

बिलकुल ठीक नहीं है। बेड का कोई चान्स नहीं। वी.आइ.पी. पेशेंट भी बाहर फ्लोर पर पड़े हैं।

और ऑक्सीजन?

ख़ुद अरेंज करिए। आप देर करेंगे तो बहुत मुश्किल होगी। एट्टी से नीचे है।

आप कुछ कर सकती हैं, मतलब किसी को जानती हों, अस्पताल का कोई आदमी, स्टाफ़, जो पैसे लेकर मदद कर दे। कुछ भी पैसे ले ले।

नो वे, नों चान्स। आपको ही करना पड़ेगा।

कुछेक लोगों ने किया है। पता नहीं कैसे। वह चली गई।

शाम को ड्राइवर आया ख़ाली हाथ। लेकिन आया तो। नहीं तो कौन आता है ऐसे में। बताया कि बहुत हाथ-पाँव मारा लेकिन रिजल्ट सिफ़र। पैसे ट्रांसफर करवाकर वह बन्दा भी साइलेंट मोड में चला गया था। रात में जब बेड के बारे में नर्स का फ़ोन आया तो वह पार्क की बेंच पर बैठा ड्राइवर और पुलिसवाले से ऑक्सीजन सिलिंडर के लिए संभावना तलाश कर रहा था।

हलो, सुनिए, अभी तीन-चार बाडीज हटने वाली हैं...आप काउंटर पर बात कर लीजिए। शायद वे लोग लाख-डेढ़ लाख जमा करवाएँगे। जल्दी करिए। यहाँ अन्दर ऑक्सीजन की प्राब्लम बनी हुई है...पर बेड शायद मिल जाए, आप कोशिश कर लीजिए। बस, फ़ोन कट।

उसने ड्राइवर को इशारा किया, सरपट अपने फ्लैट पर चलने को कहा। हनीमून वाला कैश, घर में रखी जूलरी, तनिष्क का शोरूम, वहाँ डेढ़ दो घंटे का क़ीमती समय और पैसों का इन्तज़ाम हो गया। वह उलटे पाँव भागा और पुलिसवाले के साथ अस्पताल के रिसेप्शन पर लाइन में लग गया। बैड लक भाई बैड लक। जब तक उसकी बारी आई पैसे जमा हो चुके थे, वार्ड से लाशें हट चुकी थीं और बेड की नीलामी हो चुकी थी। वह निराश और बेसुध। पुलिसवाले ने अपने स्तर से इधर-उधर कोशिश की, कभी अन्दर तो कभी काउंटर पर, कभी फार्मेंसी में, कभी किसी वार्ड ब्वॉय से तो किसी जूनियर डॉक्टर से। पर बेड था कि गूलर का फूल हो गया था। पैसे रुपये सोने चाँदी से भी महँगा। जान से भी क़ीमती।

उसने नर्स को फिर से ट्राई किया लेकिन फ़ोन नहीं उठा। कोई इतना भी काम करता है क्या भाई! फिर उसने अपने तीन दिन पुराने पन्द्रह वर्षीय साले को फ़ोन लगाया—उसे मालूम था वह पहले फ़ोन को लेकर एकान्त में जाएगा तब हलो भइया कहेगा। पूरे डेढ़ मिनट के बाद आवाज़ आई हलो भइया, कैसे हैं आप दोनों। शादी कर ली! वह बेसाख़्ता हँस रहा था।

हाँ छोटू सब हो गया, पर गड़बड़ ख़बर है। ख़बर तो हर तरफ़ गड़बड़ है, छोटू ने सुर में सुर मिलाया।

नहीं-नहीं सुन ध्यान से, इसको कोरोना हो गया है शादी के बाद से ही, अस्पताल में है। आज दो दिन हो गए। सीरियस है। क्या बोले, कोरोना! छोटू हड़बड़ा गया था। हाँ बे सुन, कोरोना हो गया इसको। अभी बोलना नहीं घर में किसी को, मैं ख़ुद डायरेक्ट बात करूँगा। चल फ़ोन रखता हूँ।

वह बेंच पर एक तरफ़ बैठा था। दूरी बनाकर दूसरे छोर पर पुलिसवाला। वह पौवे की छुटकी बोतल से नीट ही पी रहा था, बूँद-बूँद। यही टाइम था जब उसके फ़ोन की घंटी बजती थी और उसकी बीवी फ़ोन पर होती थी। और स्पीकर ऑन।

रोटी खाई?

हाँ-हाँ ख़ाली, कब की, अब पी रहा हूँ।

छोड़ दे पीना शरीफ़ आदमी छोड़ दे।

चुपकर, खाना-पीना तो चलेगा ही नहीं तो मर जाऊँगा, एक तो तू भी पास नहीं है।

अरे मैं नहीं तो लेडिस सिपाही तो होगी न रात में तेरे साथ ड्यूटी में...

छोड़-छोड़ लेडिस सिपाही को उसका ब्वॉयफ्रेंड ले गया मोटर साइकिल पर बिठाकर। अभी एक घंटे में छोड़ जाएगा। फिर वो अस्पताल के अन्दर ड्यूटी करेगी, मैं तो अकेला ही पार्क में पड़ जाऊँगा।

क्यों तू नहीं आ सकता एक घंटे के लिए घर?

वह चुप रहा।

आ जा, हफ़्ते भर से ड्यूटी कर रहा है। अपनी सोच, नहीं तो मेरी सोच।

आ जा रे बाबू। मार पड़े कोरोना को।

इससे आगे उनकी बात नहीं हो पाई। बड़ा साहब आ गया था। मोटर साइकिल से। उसके पीछे लाठी लिये कांस्टेबल बैठा था। दोनों ने पार्क का एक राउंड लिया, उसको कुछ हिदायत दिया और निकल गए। पुलिसवाले ने एक भरपूर घूँट लिया और बहकने लगा—मास्क का अता पता नहीं था।

भाई साहब मैं तो करोना-फरोना नहीं मानता, बात कुछ और ही है इसमें।

क्या बात है? वह बिना रुचि लिये बोला।

अस्पतालों को पैसा बनाने का बहाना है, और कुछ नहीं। उसको छोड़िए, अब देखिए कितने दिनों से घर नहीं गया हूँ। अब बेचारी जनानी सोचती है इधर गुलछर्रे उड़ा रहा हूँ। लीजिए पीजिए आप भी लीजिए...कोई परहेज़ तो नहीं—अब जो होना है होगा, हो ही रहा है, रोज़ ही लोग जान से हाथ धो रहे हैं मैंने किसी को ठीक होकर जाते नहीं देखा। पीजिए-पीजिए। उसने बोतल लेकर मुँह में लगा दिया। दो से तीन घूँट में ख़तम। लेकिन कारगर चीज़ थी। बेड और ऑक्सीजन से थोड़ी देर के लिए निजात दिला गई—

—क्या कह रही थी आपकी जनानी...कि एक घंटे के लिए चले आओ। क्यों नहीं चले जाते? अरे भाई इतनी कड़ाई से साथ ड्यूटी नहीं की जाती, घर में भी तो कोई ड्यूटी है। जाइए अभी जाइए...वह हाथ से रास्ता दिखाने लगा। बीवी अकेले और आप यहाँ पड़े हैं। बीवी किसी के साथ भाग जाएगी। पुलिसवाला होश में था। होशियार और समझदार और तजुर्बेकार भी। वह नवजवान की स्थिति भी समझ रहा था।

—लेकिन आप तो सचमुच बुरे फँसे?

—हाँ भाई दो दिन पहले शादी किया, शादी क्या किये, बस अस्पताल में उलटे सिर गिरे। बेड और ऑक्सीजन का जंजाल!

—यह तो साफ़ अन्याय है, शादी के बाद आनन्द लेना था मतलब कि मज़े करना था और आप बिचारे यहाँ अकेले पत्थर की बेंच पर...! लाइए कुछ एक-दो बूँद बची है? बिलकुल भी नहीं बची थी। पुलिसवाले ने जिस तरह से उसे कुरेदा और शराब की एक अदद घूँट ने जिस तरह अपना काम

किया था कि उसे नींद घेरने लगी।

वह सोते-जागते सो ही गया, वहीं पत्थर की बेंच पर। फिर वही उलझी प्रेम-कहानी पारिवारिक बन्दिशें, सरकारी ख़ौफ़, लुका-छिपी, भागा हुआ लड़का, भागी हुई लड़की, कोर्ट मैरिज, सुहागरात की तैयारी, महज़ तैयारी, सुहागन का अस्पताल ट्रिप, हनीमून बजट, बजट से ऑक्सीजन और बेड का इन्तज़ाम, इन्तज़ाम की नाकामयाबी। एक-एक कर रील चलती रही। यह भी कि पुलिसवाले की बीवी अपने आदमी को सहवास के लिए आमंत्रण दे रही है। और वह इस नियामत से कैसे महरूम रह गया है।

ऑक्सीजन और ज़िन्दगी का रिश्ता इतना गहरा था, इस बात पर तो कभी ध्यान ही नहीं गया था। बस पढ़ा-भर था। यह बात अब विज्ञान की किताबों को चीर-फाड़कर बाहर निकल आई थी। ऑक्सीजन के साँचे पर साँसों का ताना-बाना इस क़दर कसा-फँसा होता है यह तो किसी ने समझाया ही नहीं था। और फिर उसके लिए एक बेड की भी आवश्यकता होती है। लेकिन यह तो चौतरफ़ा किल्लतों का गुनहगार मौसम था।

अभी सोकर उठा ही था कि वही नर्स आ गई। सिविल में थी, अच्छी लग रही थी, लेकिन एक बारगी पहचान में नहीं आई। उसने अपनी साइकिल किनारे खड़ी की और वहीं से मुस्कुराई—यहीं सोए क्या आप रात में? वह कुछ सँभलता, समझता कि वह पास आ गई—बैठूँ? उसने बेतकल्लुफ़ी से पूछा।

जी, उसने एक तरफ़ हटते हुए कहा।

अभी क्वार्टर से कुछ सामान लेने जा रही थी, आपको देख रुक गई। दो घंटे का ऑफ़ मिला है। हँसने लगी।

मेरी पेशेंट की रात कैसी बीती?

अच्छी नहीं, बिलकुल भी। इन्फेक्शन बढ़ गया है।

बेड और ऑक्सीजन का कुछ हो सकता है? सच बताइए। आई कैन पे। वह बोला।

उसने मुँह बनाया। ऐसे जैसे बेड और ऑक्सीजन सुनते-सुनते कान पक गए हों।

पेशेंट आपकी कौन है?

मेरी कौन है! वह जैसे चौंका।

जी मेरा मतलब कौन है?

आप क्या सोचती हैं?

नहीं, मैं ऐसा सबसे नहीं पूछती। सच तो यह है कि पहली बार उत्सुकता हुई है। वह चुप रहा।

मेरा मतलब वाइफ हैं, सिस्टर हैं, फ्रेंड हैं या गर्लफ्रेंड? इस बीमारी में कोई भी किसी को लेकर आ रहा है। कोई ज़रूरी नहीं घर वाले हों, बस इसलिए पूछी। ख़ैर छोड़िए, कल मैंने अपने मन से बिस्किट आपको दे दिया था, लगा भूखे होंगे।

हूँ...उसने उसे घूरा। अच्छा!

जी वाइफ कह सकती हैं, वाइफ़ हैं मेरी।

कह सकती हैं, मतलब? नर्स की जिज्ञासा बढ़ी।

जवाब देने से पहले उसने तौल लिया कि बात करने में कोई बुराई नहीं, आगे मदद ही मिलेगी।

मतलब कि बस दो दिन पहले शादी हुई। कोर्ट मैरिज! वह चुप रही। वह भी।

वह नर्स नहीं थी। वह बेड और वेंटीलेटर की किल्लत से जूझने वाली सिस्टर नहीं थी। वह सिविल ड्रेस पहनकर एक आम लड़की में तब्दील हो रही थी।

कोरोना था तो मैरिज क्यों किया, रुक जाते।

रुकने का समय नहीं था। भागे फिर रहे थे तो यही एक रास्ता था। उस दिन कोई सिमटम नहीं थे। बस शादी की पहली रात में जब हम सोने की तैयारी कर रहे थे तो...अचानक तबीयत बिगड़ी।

अरे!

हाँ।

घर वाले?

उसने रूखी हँसी बिखेरी। लड़की आगे नहीं बोली।

बहुत शुक्रिया, बहुत धन्यवाद, मेनी थैंक्स आपकी हमदर्दी के लिए, मेरी वाइफ का केयर करने के लिए, बिस्कुट के लिए।

यह सब वह बोला नहीं, पर वह हँसने लगी। नहीं ऐसी बात नहीं...दरअसल मुझे ऐसा ही कुछ लगा था कि आप एक लड़की के लिए फाइट कर रहे हैं।

ओह! और आप, कब से हैं इस अस्पताल में?

दो महीने से, आज ठीक दो महीने हो गए।

उससे पहले? उसने बात बढ़ाने के लिए बात आगे बढ़ाई।

पहली ज्वाइनिंग है। ट्रेनिंग से सीधे यहाँ। शादी मेरी भी फँस गई। वह खिलखिला पड़ी।

फँस गई, यानी?

यानी आपकी तरह शादी हुई, कोर्ट मैरिज नहीं, शादी प्रापर हुई, उसके एक महीने के बाद ज्वाइनिंग डेट थी, लेकिन तुरन्त बुला लिया...ये दूसरी वाली वेव आ गई थी। ज्वाइन तो करना ही था सो आ गई दूसरे ही दिन। 'दूसरे ही दिन' पर उसने ज़ोर डाला।

तब से? उसने बात फिर बढ़ाई।

तब से लगातार ड्यूटी कर रही हूँ—साँस लेने की फ़ुर्सत नहीं।

तो फ़ोन से ही टच में रहती होंगी?

हाँ घर दूर है तो कोई दूसरा रास्ता नहीं। शायद अगले माह छुट्टी मिले।

फिर दोनों चुप रहे। शादी फँस जाने की कॉमन चुप्पी!

चलती हूँ। आप अपने लेवेल से बेड और वेंटीलेटर के लिए लगे रहें। हम लोग अभी जूनियर हैं, हमारी कोई नहीं सुनता। फिर भी मैं पूरी कोशिश करूँगी कि कल से कम-से-कम पेशेंट वार्ड में शिफ्ट हो जाएँ।

बहुत जद्दोजहद के बाद उस बन्दे ने फ़ोन उठाया—भाई साब क्या बताऊँ चाहो तो पैसे वापस कर दूँ। सिलिंडर की कोई कमी नहीं बस सरकारों की लड़ाई में हम बीच वाले पिस रहे हैं। साले दो पैसे कमाने नहीं दे रहे हैं। लेकिन कल तक कुछ ज़रूर हो जाएगा—बस आप भरोसा रखें।

और सारा भरोसा डॉक्टरों पर था, सारा दारोमदार उन्हीं पर था, पर वे भी तो इनसान ही थे। लापरवाही उनके फ़ितरत में भी थी। बीमारी बेख़ौफ़ उन्हें भी अपने चपेट में ले रही थी। पर वे लगे हुए थे, जूझ रहे थे। वह दो बजे से इन्तज़ार कर रहा था कि डॉ. अरोरा से मुलाक़ात हो जाए। वह नॉन-बेड पेशेंट के इंचार्ज थे। वह लॉबी में दिखे तो वह दौड़ा—मेरी पेशेंट, डॉ. साहब, कैसी है वह? वे सबको एक ही जवाब दे देते थे—पेशेंट इज ओ.के. डोंटवरी पेशेंट इज ओके। उसका अर्थ होता था घबराइए मत, बिलकुल न घबराइए, साँस चल रही है अभी भी।

यह उस समय की दास्तान है जब वे जो एक अदद हॉस्पिटल बेड के लिए दर-बदर भटके और अन्ततः मुँहमाँगी क़ीमत देकर सफल रहे। लेकिन यहीं वे भी थे जो साँस के लिए झोला भर रुपये के साथ दरबदर भटके पर न आस मिली न साँस। एक श्रेणी उनकी भी थी जो बिना पैसे के ही भटकते रहे। उनका क्या।

इन दोनों ने आधी सैलरी से भी इतना कुछ बचा लिया था कि हनीमून पर जा सकें। एक लाख से कुछ कम में ही चार दिन और तीन रात का पैकेज उन्होंने महीने-भर पहले ही सहेज लिया था। मालदीव उस कीड़े से मुक्त था। लेकिन मालदीव की बारी नहीं आई। उन्हीं पैसों के साथ वह फिर से लाइन में लगा था। दस लोग एक साथ मरे थे तो जगह ख़ाली हुई थी। इस बार एक लाख में उसे बेड मिल गया—लेकिन सिर्फ़ बेड। वेंटीलेटर की गारंटी नहीं थी—साँस को अपने भरोसे छोड़ दिया गया था।

शाम को उसने उसके घर फ़ोन किया। छोटू ने उठाया लेकिन उसकी माँ ने बात किया—क्यूँ फ़ोन किया? अब क्या चाहिए?

वह तैयार था। उसने बिना रुके कहा—हमने शादी कर ली...कोर्ट में। लेकिन उसी रात उसे कोरोना हो गया। हॉस्पिटल में है। सीरियस है। ऑक्सीजन नहीं मिल रही है।

ऐसा नहीं लगा कि सुनकर माँ सन्न हो गई हो—अरे कोरोना! वह बोली कुछ नहीं। चुप्पी, फिर चुप्पी, एक और चुप्पी। वह कुछ सुनना चाहता

था। लेकिन मोबाइल से छन-छन कर टी.वी. न्यूज़ उस तक पहुँच रही थी। कोरोना की भयावह स्थिति का आँखों देखा हाल चल रहा था। बेड, वेंटीलेटर, श्मशान, तरह-तरह के आँकड़े उस घर से निकलकर उसके कानों में भर रहे थे। चुप्पी बरक़रार थी। न्यूज़ आती जा रही थी। लगातार। एंकर के इशारे पर संवाददाताओं की आवाज़ें और जगहें बदल रही थीं लेकिन ख़बर वही थी। फिर लगा कि किसी ने मोबाइल को छुआ। छूने की आवाज़ भी ख़बरों के साथ उसके कानों में पहुँची। मोबाइल के साथ कुछ-कुछ हो रहा था, शायद इस हाथ से उस हाथ में लिये जाने की क़वायद हो रही थी। फिर एक तराशी हुई, शराफ़त से सराबोर, लेकिन ग़ैर-मुलायम सधी हुई मर्दानी आवाज़ उसके कानों में पड़ी—ठीक है, रखिए। फिर न करिएगा।

लेकिन उसने किया। उसी नर्स ने। सुबह मिलकर गई थी, उसके बाद ये फ़ोन। हलो, हलो, बेड मिल गया। शिफ़्ट करके मैं आ रही हूँ। आप वहीं पार्क में रहिएगा, उसी बेंच पर नहीं तो मुझे ढूँढ़ने में दिक़्क़त होगी। आपकी पेशेंट का मेसेज है। आपको देना है। उसने पूछा कब तक आ रही हैं। जवाब में वह हँसी—बस आठ दस पेशेंट शिफ़्ट करना है, पहले क्वार्टर जाऊँगी, चेंज करूँगी, आ जाऊँगी। वह फिर हँसी।

वह बेंच पर बैठ इन्तज़ार करने लगा। इक्के-दुक्के तीमारदार ही वहाँ थे—बाक़ी शाम ढलते कहीं रात बिताने चले जाते थे। वह पुलिसवाला आज फुल बोतल लेकर आया था। पीना शुरू नहीं किया था लेकिन दिन-भर की कमरतोड़ ड्यूटी के बाद रात में कुछ आराम मिल जाने की प्रत्याशा ने असर दिखाना शुरू कर दिया था—भाई जी क्या हाल हैं आपकी जनानी के? हमारी तो घर में तड़प रही हैं...बेड मिला क्या...। उसने बता दिया।

चलिए जल्दी मिल गया...नहीं तो आज जो दस बॉडियाँ निकली हैं तीन को तो बेड भी नसीब नहीं हुआ था। दो जेनरल वार्ड से और बाक़ी पाँच आई.सी.यू. से। दो अपने डॉक्टर भी चल बसे...इसी अस्पताल के।

वह सुनता रहा।

लीजिए आज आप पहले पीजिए। पीजिए पीजिए। दिन-भर हलकान हुए

होंगे। आज दिन में मैं श्मशान घाट पर था। अब दिक़्क़त यह है कि बिचौलिये सब काम गड़बड़ कर रहे हैं...भई हम सब मनुष्य हैं...मरे हुए व्यक्ति का भी सम्मान होता है—पैसे की लालच में सब गड़बड़ हो रहा है—जिसको अच्छे से कबर ख़ुदवाकर गाड़ना चाहिए उसको औने-पौने जला दे रहे हैं और जिसको पूरे क्रिया-कर्म से जलाना चाहिए उसको गाड़ दे रहे हैं।

उसने दो घूँट ली और बोतल फिर से पुलिसवाले को लौटा दिया।

—कोई देखने वाला नहीं। परिवार वाले भी क्या करें—सबको जान प्यारी है। हाँ आज एक अच्छा परिवार आया—घर के लगभग सभी सदस्य अन्तिम-क्रिया में शामिल थे। मैंने बस थोड़ी-सी मदद कर दी—न करता तो उनकी लम्बी वेटिंग लग जाती। और अच्छी बख़्शिश दिया उन्ने। शरीफ़ लोग थे भाई।

अच्छा, उसने बस इतना ही कहा।

आप भी हिम्मत वाले हैं सिर जी...लगे हुए हैं...यमराज के हाथों से छुड़ाकर ले जाएँगे अपनी पत्नी को आप...लगे रहिए। उसने दो-चार घूँट लिये और बोतल बेंच के नीचे रख दिया—अब रात में।

और तभी उसका फ़ोन बजा। शायद उसकी जनानी का था और वह हलो-हलो कहते हुए उठ गया।

वह आई। पैदल ही, साइकिल से नहीं। फिर से सिविल ड्रेस में—टॉप और घुटनों से भी लम्बा स्कर्ट।

गुड इवनिंग सर, उसने धीरे से कहा। शायद हँसी भी।

सर! वह हँसा। धीरे से कि ख़ाली वह सुन सकी।

बैठूँ? कहकर वह दूरी बनाकर बैठ गई।

शिफ्टिंग हो गई?

हाँ और उन्होंने आपसे मिलना चाहा है।

क्या यह सम्भव है। मतलब कि मैं अन्दर वार्ड में जा सकता हूँ?

मैं कोशिश करूँगी। आप दो बजे आइए।

वह चुप रहा। फिर उसने तबीयत के बारे में पूछा, वेंटीलेटर और ऑक्सीजन के बारे में, दो डॉक्टर जो मरे थे उनके बारे में।

उसने सबके बारे में बताया। ख़ास तौर से यह कि बिना ऑक्सीजन के पेशेंट मर रहे हैं और क्राइसिस कितनी गम्भीर है। लोग मोबाइल पर अपने मरने से पहले की वीडियो बनाकर भेज रहे हैं, अपने अपनी ही मौत पर लाइव कमेंट्री दे रहे हैं। फिर उसने कहा मरने को कोई भी मर सकता है। मैं ख़ुद मर सकती हूँ। दोनों डॉक्टर कल तक ज़िन्दा थे। उसने नर्स को एक बारगी देखा। उसका मास्क उतरा हुआ था।

वह अच्छी लग रही थी।

ठीक है, कल आप दो बजे आएँगे, चलूँ मैं? ये लीजिए। खड़ी होते हुए उसने एक छोटा-सा डिब्बा उसकी ओर बढ़ाया।

क्या है ये? उसने न हाथ बढ़ाया, न अपनी जगह से हिला।

आपका डिनर। यहाँ कुछ नहीं मिलेगा। उसने डिब्बे को बेंच पर रख दिया।

और आप? उसने औपचारिकता की।

वह खिलखिलाई। अभी जाकर पकाऊँगी। आज मेरी बारी है। इसीलिए जल्दी छुट्टी मिल गई है। फिर नाइट ड्यूटी है। वह अपना मास्क चढ़ाने लगी।

ओह! उसने लम्बी साँस छोड़ी।

हाँ! और सुनिए खाने के वक़्त मास्क उतार लीजिएगा।

उसे समझने में एक पल लगा। हाँ ज़रूर, वह बेसाख़्ता हँस पड़ा और धीरे-धीरे मास्क को नीचे कर लिया।

उसने देखा, मुस्कुराई और बोली—ज़्यादा मत डरिए। अगर सिर्फ़ दो लोग हों और एक ने मास्क पहना हुआ है, जैसे कि अभी मैं, तो दूसरे को ख़तरा नहीं होता। ठीक है बस आपको देखना चाहती थी। अब चढ़ा लीजिए, मैं चली। वह चली गई।

उसके जाने के बाद पुलिसवाले ने बताया कि घर से फ़ोन था—उसके बड़े भाई अम्बाला में कोरोना की भेंट चढ़ गए थे और भाभी हॉस्पितल में थीं। बच्चे घर पर अकेले थे। शुकर मनाइए कि भाभी को बेड मिल गया था। क्या

वह अम्बाला जाएगा? क्या फ़ायदा, अब तो जो होना था हो गया, हाँ बच्चों की फिकर है। भाभी फ़िलहाल ठीक हैं, भाभी के घर वाले टच में हैं।

फ़िलहाल ठीक हैं से वह समझ गया कि पुलिसवाले की भाभी की साँस अभी भी चल रही होगी।

एक बात पूछूँ?

...जी?

मतलब...भाई के मरने पर भी नहीं जा रहे?

पुलिसवाला सोचने लगा—फिर मन ही मन बुदबुदाया—यहाँ भी तो लोग मर रहे हैं!

बड़े संगदिल हो भाई...

जी जाना तो चाहता हूँ पर ऊपर अनुमति नहीं मिलेगी। कोरोना प्रोटोकॉल का सवाल है न!

वह चुप रहा! फिर हँसा—तुम लोग उतने बुरे नहीं होते भाई—हर हाल में काम करते हो।

पुलिसवाला जैसे चौंका। एक बात कहूँ? ध्यान से सुनिएगा भाई जी—और बुरा न मानिएगा। हम लोग सुअर हैं। जी वही गन्दैला जानवर! हम समाज का गू खाते हैं, इसकी सफ़ाई करते हैं, फिर भी लोग हमसे नफ़रत करते हैं।

आदमी चुप हो गया। उससे अब बोलते नहीं बन रहा था। वह चुप ही रहा।

फिर दोनों ने शराब पी। उसी बोतल से कई-कई घूँट, एक बार वो तो एक ये। वह दो तो ये तीन। ये तीन तो वो चार। शराब ख़त्म हुई तो डिब्बेवाला डिनर—रोटी सब्ज़ी और एक नोट—कल का डिनर भी मेरी ओर से! दोनों ने सब्ज़ी रोटी आपस में बाँट ली।

सुबह से दोपहर तक वह पुलिसवाले के बताए कुछ ठिकानों पर ऑक्सीजन के लिए भटकता रहा। आसरा और आश्वासन, बस। दो बजे तक वह अस्पताल लौट आया। वह वहीं मिल गई—ठीक गेट पर—आप ही को देख रही थी... तबीयत बहुत बिगड़ गई थी—लगातार सी.पी.आर. देती रही...अब जाकर ऑक्सीजन लेवेल नाइंटी है। बुला रही हैं आपको...बहुत नर्वस हैं।

वह जैसे बेहोश पड़ी थी। बहुत मुख़्तसर-सी बात हुई धीरे-धीरे, रुक-रुककर।

मेरी तबीयत अब बिलकुल ठीक नहीं है। दूर रहो। वह थोड़ा पीछे खिसक आया।

साँस में बहुत दिक़्क़त है, उठ भी नहीं सकती। थकावट है...।

वह चुप रहा।

ठीक हो जाऊँगी न...। उसने आँखें बन्द कर लीं।

वह बुदबुदाया—ठीक हो जाओगी। मैं हूँ न।

नहीं...। तुमने मुझसे शादी क्यों किया?

वह उस पर चुप रहा।

ये रखो...उसने किसी तरह अपने तकिये के नीचे से रूमाल में छुपी रुपये की एक पतली-सी गड्डी निकालकर उसकी ओर बढ़ाया—पकड़ो। पैसों की ज़रूरत है।

वह वैसे ही दूरी बनाए खड़ा रहा।

लो प्लीज़, उसने इसरार किया।

उसने ले लिया।

मेरे घर किसी को बताया?

उसने कोई जवाब नहीं दिया।

बोलो, उन्हें बताया?

हाँ, वे जल्द ही तुम्हें देखने आएँगे।

वह कुछ अचरज में पड़ गई—नहीं, कोई नहीं आएगा।

अच्छा अपने घर किसी को बताया?

हाँ सबको मालूम है। तुम ज़्यादा मत बोलो। मैं चलता हूँ।

उसने मुस्कुराने की कोशिश की। फिर कोशिश करके बोली—घर चले जाओ, नहा लो।

शाम को वह फिर आई। वह वहीं मिला, बेंच पर तनहा। आते ही उसने बताया

कि चूँकि उसने आज भी डिनर प्रॉमिस कर लिया था इसलिए उसने आज भी कुकिंग ड्यूटी ले ली। दिन में उसने उसे व्हाइट में देखा था और अभी रेड और ब्लैक में देखकर उसके चेहरे पर ऐसे भाव थे जैसे पहचानने की कोशिश कर रहा हो।

क्या घूर रहे हैं, मैं वही नर्स तो हूँ।

अच्छा!

बैठूँ?

नहीं दूरी बनाकर खड़ी रहिए, उसने तपाक से कहा।

अरे! वह जैसे चौंकी। खड़ी रहूँ?

मैं बैठती हूँ, कहकर वह बैठने को हुई। वह हँसते हुए खिसक गया। वह किनारे बैठ गई।

आपके वर्दी वाले दोस्त कहाँ हैं?

शराब लाने गए हैं।

छी! आप पीते हैं।

वह चुप्पी साधे रहा।

रात में यहीं सोते हैं?

जी।

ओह।

उसका फ़ोन बजा। वार्ड में हूँ, बाद में करती हूँ। कहकर उसने फ़ोन काट दिया। मेरे हस्बैंड थे। डेली शाम को फ़ोन करते हैं...हमारी डिस्टेंस मैरेज है न, कहकर खिलखिला पड़ी।

वह चुप रहा।

चलूँ?

मेरा डिनर?

ये रहा। उसने एक टिफिन बॉक्स उसकी तरफ़ बढ़ाया—खाकर कल बताइएगा—नॉनवेज ट्राई किया है।

थैंक्स सिस्टर!

फिर दोनों हँस पड़े। ऐसे कि जैसे बहुत दिनों बाद हँसे हों।

हँसी रुकी तो वह बोली, सिर्फ़ थैंक्स से ही काम चल जाता।

वह बोला, जी आगे से ध्यान रखूँगा।

औरत ने हाथ आगे बढ़ाया, बाय, गुडनाइट।

आदमी ने उसकी हथेली को अपनी हथेली में लिया, कुछ देर लिये रहा, वह सन्न खड़ी रही, फिर बोला, बाय, वेरी गुडनाइट!

अगले दो-तीन दिन वह न के बराबर आई। बस टिफिन बॉक्स बढ़ाती और चली जाती। हॉस्पिटल में कभी-कभार दिख जाती पर बात करने का मौक़ा हासिल न होता। उसने बताया कई नर्सें एक साथ पॉजिटिव हो गई हैं इसलिए वर्कलोड बहुत बढ़ गया है। और यह भी कि उसकी पेशेंट की हालत भी गम्भीर है, कुछ कहा नहीं जा सकता है।

आज उसे सीनियर डॉक्टर ने बुलवाया—सर, वेरी वेरी लो चान्सेज ऑफ़ सरवाइवल। पूरा लंग्स इनफेक्टेड हो गया है। आज की रात शायद ही निकले।

एक अदद ऑक्सीजन का सिलिंडर!

उसने उस ड्राइवर को फ़ोन लगाया—शायद वही कुछ करे। आख़िरी उम्मीद, आख़िरी आसरा। बड़ी दबी-सी आवाज़ आई—अरे सरजी, मेरे को हो गई...वही बीमारी...मिसेज और बेटी को भी...कोई देखने वाला नहीं। घर में पड़े हैं हम लोग। बाबूजी हम अस्पताल नहीं जाएँगे। हम सभी को साँस लेने में दिक़्क़त हो रही है। मरना वहाँ भी है, मरना यहाँ भी है। बस समझ लो हम तीनों मर रहे हैं...धीरे धीरे...एक साथ।

उसने अपनी आँखे भींच लीं।

रात तो निकल गई लेकिन दोपहर दो बजे उसका मेसेज आया—सॉरी सर, शी इज नो मोर। बस पाँच मिनट पहले हुआ...। थोड़ी देर बाद उसने डेड बॉडी

का एक पिक भेजा—दोनों हाथ सीने पर थे, आँखें अधखुली और मुँह काला पड़ गया था। फिर एक और मेसेज—उनकी पर्स, घड़ी, रिंग और चेन लेकर देर शाम मिलती हूँ। धीरज रखें।

वह काफ़ी देर से आई। वह बेंच पर नहीं बेंच के पीछे खड़े दरख़्त से अपने शरीर को टिकाए अधलेटा सो रहा था। उसने वहीं खड़े-खड़े उसे देखा, फिर इधर-उधर नज़रें दौड़ाईं, ब्लैक आउट जैसा समा था, वह नीचे उतर गई। वह गहरी नींद में था, शराब की बोतल उसके बाजू में और अधखुला अधखाया चिप्स का पैकेट उसके सीने पर, जो उसकी गहरी साँसों के साथ ऊपर नीचे हो रहा था। वह चुपचाप खड़ी अग़ल-बग़ल के दरख़्तों को देख रही थी, असमंजस में कि क्या करे। कैसे उसको जगाए, उसकी अमानत सौंपे और चली जाए। उसको आसमानी मदद मिली—उसके फ़ोन की घंटी बजी और उसने बजने दिया।

हबी कॉलिंग...दोबारा। उसने फ़ोन वाला हाथ उसी दरख़्त की तरफ़ फैला दिया और फ़ोन को बजने दिया। वह कुनमुनाया, आँखें खोल उसे देखा, बोला कुछ नहीं, बस देखता रहा। वह खड़ी थी, बिना कुछ बोले, बिना कुछ किये। उसके एक हाथ में वही पर्स था जिसे वह पहचानता था। उसमें उसकी वाइफ की घड़ी, अँगूठी और चेन थी।

चली गई वह? उसने उसी तरह लेटे-लेटे पूछा।

चुप्पी...और चुप्पी। फिर धीरे से हाँ, आज डेढ़ बजे दिन में। उसने खड़े-खड़े जवाब दिया।

कैसे, लास्ट में क्या कुछ हो गया था उसको?

ऑक्सीजन बहुत डाउन हो गई थी...।

क्या किसी ने कुछ भी नहीं किया उसको बचाने के लिए?

नहीं, कुछ भी नहीं किया जा सका। क्या करते!

वह चुप रहा कुछ देर। तुमने, तुमने भी नहीं?

वह बिना बोले खड़ी रही।

अच्छा बैठो, मेरे पास बैठ सकती हो...पर्स उसी का है?

हाँ इसमें उनका सामान है, देख लीजिए।

क्या मैं तुम्हारे सामने पी सकता हूँ?

वह चुप रही।

उसने बोतल से ही दो-तीन घूँट गट-गट किया और बोतल को फिर से बाजू में रख दिया।

मेरा डिनर? इस बार बोलकर वह हँसा।

वह चुप रही।

अच्छा बैठो, बैठो तो, बहुत देर से खड़ी हो...बैठो...।

वह वहीं उसके पैर के नज़दीक बैठ गई।

कुछ बोली थी?

नहीं, इशारे से पानी माँगी, मैं पानी लेकर लौटी तो जा चुकी थी।

वह शराब की बोतल खोलने लगा।

अब उसका फ़ोन बजा। दलाल था।

दो-दो लम्बी रिंग...लेकिन उसने नहीं उठाया। नर्स ने कहा बात कर लीजिए शायद ज़रूरी हो।

उसने कॉल बैक किया।

जी सिर जी माफ़ करियो, देर हो गई, लेकिन इन्तज़ाम हो गया पहुँच रहा हूँ...दस मिंट में। बाक़ी पैसों का इन्तज़ाम रखना।

मर गई वो!

क्या! मतलब! क्या कहा आपने?

वह चुप रहा।

भाई साहब मैं कह रहा हूँ सिलिंडर का इन्तज़ाम हो गया आ रहा हूँ।

कोई ज़रूरत नहीं, नहीं चाहिए।

ओह। तो आपकी पेशेंट एक्सपायर हो गई?

उसने कोई जवाब नहीं दिया।

एक बात कहूँ सरजी, वह फुसफुसाते हुए बोल रहा था। ये हॉस्पिटल वाले जल्दी-जल्दी बेड ख़ाली कराने के चक्कर में रहते हैं। ज़िन्दा आदमी श्मशान

घाट भेज दे रहे हैं। मेरी मानो गैस ले लो और बोलो ऑक्सीजन चढ़ाएँ, देखिए...

वह चुप ही रहा।

आप कुछ बोल नहीं रहे हैं, चार गुना पैसे देकर लाया हूँ, दिनभर की परेशानी अलग से। बस वादा कर दिया था इसलिए।

उसकी चुप्पी बरक़रार रही।

अच्छा चलिए, तो आगे का काम मैं देख लूँगा। सब क्रियाकर्म अच्छे से करवा दूँगा, चन्दन की लकड़ी घी...सभी इन्तज़ाम रहेगा। पंडित भी।

हूँ...हूँ...

दस हज़ार और आप ट्रांसफर कर दीजिए, बेड नं. वहाट्सऐप कर दीजिए। चैन से घर जाइए। लड़के सब कर देंगे।

उसको चढ़ी थी। बहुत कुछ बोलना चाहता था। बस उसने फ़ोन काट दिया।

ग़ुस्सा ठंडा हुआ तो वह बोतल उसकी तरफ़ बढ़ाते हुए बोला, पियोगी?

पागल हो गए हो?

हाँ।

मैं नहीं पीती।

पीकर देखो, फिर अच्छी नींद आएगी।

उसने झटके से उसके हाथ से बोतल लिया और एक तरफ़ को लुढ़का दिया।

अच्छा ये बताओ किसका फ़ोन था जो तुम मेरे कान के पास बजा रही थी?

मेरे हस्बैंड का था। रोज़ इसी वक़्त आता है।

तो एक बार उससे मिल क्यों नहीं आती? उसने फिर शराब की बोतल उठा लिया।

छुट्टी का सवाल है। बताया था न, बस शादी के दूसरे दिन ज्वाइन करना पड़ा...तब से फँसी हूँ।

अरे स्साला, दो महीने से ख़सम से कन्नी काट के यहाँ मरीज़ों को मार रही हो! हत्यारिन! वह सुरूर में था।

उसने उसके पैर में ज़ोर की चिकोटी काटी, क्या बोले?

हत्यारिन!

उसने और ज़ोर से पिंच किया।

हत्यारिन, हत्यारिन, उसने पैर खींचते हुए कहा।

पैर में नाख़ून गड़ रहे थे।

वह आगे बढ़ी उसके एकदम क़रीब पहुँच गई। उसका नख वार जारी रहा जब तक कि आदमी ने हार नहीं मान ली।

कुछ देर वह चुप लेटा रहा। वह भी उसी के नज़दीक बैठी रही, हाथ उसके पैर पर धरे। एक बात पूछूँ?

उसने उसकी ओर गरदन घुमाई।

दुःख तो हुआ होगा, वह चली गई।

जब सब तरफ़ दुःख हो तो मन दुःख नहीं मानता।

मेरा मतलब है वह मर गई तब भी?

मुझे तो सभी मरे लग रहे हैं, यहाँ तक कि तुम भी, डॉ. अरोरा और पुलिसवाला भी।

गट...गट...गट...गट।

मत पियो।

ठीक है नहीं पीता, उसने बोतल फिर से रख दिया।

मैं जानती हूँ तुम्हें कितना दुःख हुआ होगा। पर यह मत करो।

दुःख आसरे का मोहताज होता है। जब कोई आसरा न हो, कोई भरोसा न हो तो कोई दुःख नहीं, दुःख का आनन्द नहीं।

मुझे पटा रहे हो? उसकी आवाज़ में शरारत थी।

तुम ख़ुद पट रही हो। वह हँसा, वह भी हँसने लगी। हाथ का दबाव पैर पर बढ़ गया।

सचमुच भूखे हो, डिनर लेकर आऊँ क्या?

प्यासा हूँ। शराब दो। और तुम नज़दीक आओ...।

भागो, तुम्हारे कपड़ों से बदबू आ रही है, नहाए नहीं हो हफ़्तों से...

और तुम्हारे कपड़ों से फिनायल की गंध आ रही है। तुम रोज़ नहाती हो तब भी। जाओ दूर हटो।

ऊँ...हूँ...नहीं हटूँगी। हॉस्पिटल से कॉल। वह उठाती है। हेड नर्स किसी पेशेंट को दिये जाने वाले इंजेक्शन के बारे में कुछ पूछ रही थी। वह धीरे-धीरे कुछ बताती है, साथ में गुस्साती भी है। हेड नर्स थी, कोई और होता तो डाँट देती।

तो हम अब क्या कर रहे हैं यहाँ बैठकर? उसने फ़ोन की स्क्रीन लाइट को बन्द किया। और उसकी तरफ़ देखने लगी।

जब सब तरफ़ दुःख हो तो मन थोड़े-से सुख के लिए भटक जाता है। लॉकडाउन तोड़ रहे हैं...और क्या।...और क़रीब आओ।

वह चुप रही। उसका दूसरा हाथ भी उसके पैरों पर दबाव बनाने लगा।

बेड और वेंटीलेटर की अभूतपूर्व क़िल्लत के दो चश्मदीद गवाह पार्क के उस अँधेरे कोने में बैठ एक गुनाह के हमराह होने जा रहे थे। उनकी बेदारी धीरे-धीरे नीम होने लगी, कुहासा घना होने लगा। पर अभी भी एक फीकी लौ थी जो उन्हें एकसार कर रही थी। यही लौ गुनाह थी, या ग़ुस्सा थी या कि किसी से बदला लेने की जुर्रत! ख़ुदा जाने। फँसी हुई शादी और रुकी हुई ज़िन्दगी की पेंचें ढीली पड़ने लगी थीं, गिरहें खुलने लगी थीं और बन्धन टूटकर छिटकने लगे थे। इस तरह एक औरत और एक आदमी की जिस्मानी सोहबत और हमबिस्तरी, मौक़े की नज़ाकत को देखते हुए, नाक़ाबिले यक़ीन थी। पर ये मुमकिन हुआ।

वे थोड़ा और अन्दर गए और एक जगह तलाश कर बैठ गए। उनके दरमियान अब सिर्फ़ वे थे। वे दोनों।

यहाँ? औरत ने कहा।

हाँ, आदमी ने मुक्तसर से सवाल का मुक्तसर-सा जवाब दिया।

क्वार्टर पर चल सकते हैं। चाभी मेरे पास है। बाक़ी सभी ड्यूटी पर हैं। वहाँ बेड है, कूलर है। वह फुसफुसाई।

यहीं ठीक है। बिना बेड के। वह और क़रीब आ गया।

मेरी व्हाइट ड्रेस गन्दी हो जाएगी, मुझे गड़ रहा है।

डोंटवरी, मैं बेड बन जाता हूँ। वह हँसा। फिर लेट गया। वह कुनमुनाई... लेकिन फिर से सँभलते सँभालते, अपनी ड्रेस को खोलते बचाते उसके ऊपर किसी तरह एडजस्ट होने लगी।

और तभी औरत का फ़ोन बजा—हबी कॉलिंग...। वह हौले से फ़ोन में फुसफुसाई—आई.सी.यू. में हूँ। फ्री होकर करती हूँ। रखो।

उसके भार को सहन किये वह सन्न लेटा रहा। फ़ोन पर उसके उत्तर पर वह कुछ हड़बड़ा-सा गया था, पर फिर ख़ुद को वापिस लेकर आया। वह उसके शरीर पर अधलेटी मुद्रा में थी। हे लड़की तुम्हारी साँसें कितनी तेज़ चल रही हैं...तुम्हारा सीना ऊपर नीचे हो रहा है, कितनी गति से! उफ़ ये उठाव, ये गिराव! क्या इरादा है तुम्हारा? जवाब में वह उस आदमी के पैर, पेट और सीने को आच्छादित करते हुए मुँह पर मुँह रखने को हुई कि आदमी को मज़ाक़ सूझा—मास्क नीचे कर लो। सारा ऑक्सीजन अपने सीने में छिपा ली हो तो पब्लिक को क्या मिले! मिस ऑक्सीजन!

उसने नहीं सुना। याकि उसने सुना! उसे नहीं पता था कि उसकी धड़कन इतनी ज़्यादा क्यों बढ़ गई थी—फिर उसने महसूस किया कि वह हाँफ रही है, काँप रही है। उसने धीरे से बनावटी हँसी अख़्तियार किया और उसके कानों में फुसफुसाई—मुझे हँफनी आ रही है...ऑक्सीजन कम हो रही है... मर रही हूँ कुछ करो। गन्दे आदमी कुछ करो...। फिर उसने गन्दे आदमी के दाहिने कान को काट खाया। फिर गाल को। फिर नाक को। फिर दूसरे कान को। फिर दोनों होठों को एक साथ। फिर अलग-अलग। फिर एक साथ। फिर अलग-अलग। फिर...।

लेकिन आदमी की कामकृपणता पर वह हैरान रह गई। फिर रुकी और दाँव बदला। अब नखवार! घायल सिंहनी के माफ़िक़ उसने हमला किया जब तक कि वह हताहत न हो गया। उसके मुँह से मद्धम-सी ऊँह निकली—धीरे से...सिस्टर! वह नाराज़ हो गई—तुम्हें अच्छा नहीं लग रहा क्या! और सिस्टर क्यों बोले! उसने आदमी के दोनों गालों पर चपतों की बौछार कर दी—फिर बोलो, फिर बोलो, और चटाचट मारती जाती थी!

आधे घंटे बाद वे फ़ारिग़ होकर वहीं बैठ गए, वहीं ज़मीन पर, उसी पार्क में, उसी अँधेरे में। वह अपना मोबाइल ढूँढ़ रही थी, फिर अपनी चप्पल, फिर अपना पर्स। मैं कुछ मदद करूँ...उसने धीरे से पूछा। वह कुछ नहीं बोली, खुले बालों का जूड़ा बनाने लगी, इतनी जल्दी-जल्दी जैसे ग़ुस्से में हो! वह समझ रहा था। उसने अपना सामान समेट लिया था और अब वह जाएगी। वह उसको इस मूड में नहीं जाने देगा। उसे कुछ देर तो और रुकना चाहिए। तो कुछ बात करो, तभी तो रुकेगी, वरना अब रुकने के लिए था ही क्या।

तुमने मेरा नाम नहीं पूछा?

तुम्हारा नाम क्या है गन्दे? उसका मूड ख़राब था क्या।

ऐसे में वह हँसी के मौक़े ढूँढ़ ही लेता था।

उसने कहा, मेरा नाम बेड है। है कि नहीं? उसने उसकी आँखों में झाँका—इतने दिनों से फ़र्श पर सोती थी आज बेड मिल गया न!

बदतमीज़ कहीं के। इडियट। रास्कल! और नानसेंस भी!

अच्छा मेरा नाम पूछो। अब लड़की को भी चढ़ा!

हाँ बताओ। जाते-जाते नाम तो बता दो।

बताना क्या, ऑक्सीजन। मेरा नाम मिस ऑक्सीजन, तुम्हीं तो कहे थे।

फिर दोनों हँसे तो हँसते ही चले जाते थे—बेलौस...बेलाग...बेख़ौफ़ हँसी। कर ले किसी को जो करना है। ये किसी से कुछ माँग तो नहीं रहे हैं। देगा कौन। किसी से कोई शिकवा तो नहीं कर रहे हैं। कैसी शिकवा, किससे शिकवा! बस एक अदद अपनी हँसी ही तो हँस रहे हैं।

अँधेरे में हँसी।

अकेले में हँसी।

मौत पर हँसी।

ज़िन्दगी पर हँसी।

दो जनों की ख़ुद पर हँसी।

फिर चलकर वे बेंच के पास पहुँच गए। वह जाने को थी। चलूँ? हाँ जाओ काफ़ी रात हो गई है, बस कुछ कहना चाहता हूँ! उसने उसकी ओर

देखा, बोलो, अब क्या? वह झिझका, लेकिन लड़की ने सुन लिया—सॉरी इस बात के लिए कि कुछ कर नहीं सका...। आई एम रियली सॉरी फार यु। बस इतना ही बोला और चुप हो गया। वह आँखों में आँखें डाले देखती रही उसको, बिना पलक झपकाए। आदमी अभी भी कुछ झिझका, सहमा-सा था उसके सामने। उसने धीरे से उसके दोनों हाथों को अपने हाथों में लिया—नेवर माइंड, आई कैन अंडरस्टैंड। फिर रुकी, फिर बोली, एंड डोंट थिंक एबाउट दैट एवर अगेन। चलती हूँ।

वह अभी भी उसका हाथ पकड़े हुए था। उसने धीरे से अपना हाथ छुड़ाया, मास्क पहनी और चली गई।

रात चढ़ आई थी। क़ुदरत अपने पूरे शबाब पर थी, जैसे अब, बस अब, मुस्कुराएगी। पार्क में सोए दरख़्तों को सहलाता हुआ एक झोका आया, ठंडा और ख़ुशबूदार। ऊपर चाँद चमक रहा था, तारे टिमटिमा रहे थे, बादल के निशान नहीं। वह सफ़ेद ड्रेस पहने चली जा रही थी। उसने एक बार भी पीछे मुड़कर नहीं देखा।

कहानी अभी ख़त्म नहीं हुई।

वह वापस गया, शराब की बोतल लाया, जी खोलकर पिया और पुलिसवाले का इन्तज़ार करने लगा। कुछ ही देर में वह अपनी जनानी से फ़ोन पर लुका छुपी करता हुआ आ पहुँचा। अगले रविवार घर आने का वादा करके वह अपने चार दिन पुराने मित्र की तरफ़ मुख़ातिब हुआ—क्या हाल है आपकी पेशेंट का, ऑक्सीजन का कुछ हुआ? आज सुबह भी दसेक बॉडियाँ निकली हैं, सब भगवान भरोसे है, कौन-सी बीमारी है भाई, कोहराम मचा रखा है इसने, हमको तो लगता है चीन सब कुछ करवा रहा है...। अचानक उसकी नज़र बोतल पर गई—अरे पूरी पी लिया?

वह शान्त बैठा रहा। पुलिसवाले ने उसके कन्धे पर हाथ रखते हुए कहा—आपका डिनर बॉक्स आया? खाइए-खाइए अकेले-अकेले...। वह कुछ

नहीं बोला। पुलिसवाले ने उसे गौर से देखा, देखता रहा, फिर सशंकित होते हुए धीरे से पूछा—क्या हुआ, कुछ हुआ क्या? क्यों चुप-चुप हैं?

कल सुबह उसकी बॉडी भी निकलेगी। उसकी लाश वहीं वार्ड में पड़ी है। बेड नं. आठ। उसने शराब की बोतल को हाथों में नचाते हुए कहा।

मतलब? पुलिसवाले का हाथ उसके कन्धे से एकदम से हट गया। वह चौंक गया था।

क्या हुआ, क्या कह रहे हैं भाई?

हाँ, आज दो बजे हुआ।

पुलिसवाला अब सँभल चुका था। अपने को व्यवस्थित किया, फ़ोन को जेब में रखा, फिर उसके बग़ल में बैठ गया—

मुझे लग रहा था भाई, मुझे लग रहा था बचेगी नहीं आपकी पेशेंट, लेकिन आपने बहुत कोशिश किया...इससे अधिक क्या करते।

मैं कल नहीं आऊँगा, आप देख लेना...ये लीजिए। उसने कुछ रुपये पुलिसवाले की तरफ़ बढ़ाते हुए कहा।

उसने रुपये पर ध्यान नहीं दिया—क्यों आप क्यों नहीं रहेंगे।

उसने कोई जवाब नहीं दिया।

तो आप नहीं आ रहे?

कहा तो।

क्यों भाई, डरते हैं? पुलिसवाले ने जैसे चुहल की। शायद मित्र को हल्का करने की कोशिश।

उसने बची-खुची हुई बूँदें गले के अन्दर उतारीं, बोतल को दूर फेंका और धीरे से कहा—हूँ।

इस कीड़े से?

नहीं।

तब?

वह चुप ही रहा। पुलिसवाले ने उसे कुरेदा—तब किससे?

आँखें दूर-दराज़, मुँह में जीभ की बेचैन हरकत, होठों और दातों की

कशमकश, गले में घुमड़ती थूक की घूँट और एक उच्छ्वास!

पुलिसवाला रुपये थामे बैठा रहा।

रख लो, तुम्हीं देख लियो भाई।

वह चला, फिर मुड़ा—उसकी आँखों में मैला खानेवाले जानवर की तसवीर कौंध गई। उसने आँखे भींचकर उस पर से ध्यान हटाया—और सुनो मेरे भाई, जलाइयो न उसको, गाड़ दियो क़ब्रिस्तान में...। मोलवी को बुलवा लेना। और पैसे ले लो, पर ये काम कर देना। तुम्हारे ऊपर भरोसा है। उसने कुछ और रुपये निकाले।

पुलिसवाले ने हाथ के इशारे से उसे मना कर दिया—न न बहुत हैं, हो जाएगा भाई। फिर उसके दिमाग़ में कुछ चमका। कुछ रजिस्टर हुआ, और मुँह से बेसाख़्ता निकला—अँय ऐसा! अरे! क़ब्रिस्तान...मोलवी!

वह बिना लड़खड़ाए आगे बढ़ गया। पुलिसवाला देखता रहा—कभी पैसों को, कभी अँधेरे में गुम होते हुए साये को।

(उत्तरकथा : अफ़साना कितना भी काल्पनिक हो उसमें सचाई अवश्य होती है। उसका सम्बन्ध प्रत्यक्ष/परोक्ष रूप में कदाचित वास्तविक चरित्रों से होता ही है। यह कथा भी अपवाद नहीं है। इसमें आए चरित्रों के नाम बदले नहीं गए हैं बल्कि पूरी तरह छिपा लिये गए हैं। पुलिसवाला अपने वादे का सच्चा निकला और बेड नं. आठ के पेशेंट का कफ़न-दफ़न पूरा किया लेकिन मदिरा पीकर सोने और ड्यूटी में लापरवाही बरतने के आरोप में सस्पेंड हुआ। ड्राइवर ठीक होकर फिर से रोड पर है और वह किसी मरीज़ को अस्पताल तक छोड़ने के पैसे नहीं लेता। आदमी ने अपने बचे पैसों से ऑक्सीजन सिलिंडर की व्यवस्था कर ज़रूरतमन्दों तक पहुँचाया। उस दिन रात में जाने के ठीक सोलहवें दिन उस नर्स की कोरोना से मौत हो गई।)